作家牵手小读者

风的味道

杜爱民 著

陕西新华出版传媒集团

未来出版社

图书在版编目(CIP)数据

风的味道／杜爱民著. —西安：未来出版社，
2016.9(2017.8 重印)
(大作家牵手小读者)
ISBN 978-7-5417-6243-7

Ⅰ.①风… Ⅱ.①杜… Ⅲ.①散文集－中国－当代
Ⅳ.①I267

中国版本图书馆 CIP 数据核字(2016)第 208265 号

风的味道　大作家牵手小读者

责任编辑	马　鑫　杨　璐
封面设计	许　歌
排版设计	成　雯
技术监制	宋宏伟
出版发行	陕西新华出版传媒集团　未来出版社
	地址：西安市丰庆路 91 号　邮编：710082
经　　销	全国新华书店
印　　刷	西安建明工贸有限责任公司
开　　本	880mm×1230mm　1/32
印　　张	7
字　　数	140 千字
版　　次	2016 年 9 月第 1 版
印　　次	2017 年 8 月第 2 次印刷
书　　号	ISBN 978-7-5417-6243-7
定　　价	20.00 元

序

写这篇文字的时候，二〇一五年就快要过去了。童年的光阴，感觉比现在慢许多，也更为清晰可辨。到了四十岁之后，日子过得飞快，在毫无觉察和准备的情况下，就要迎来自己五十五岁的生日。

熟悉的东西，慢慢在减少；许多无法忘怀的情境，纷纷谢幕，包括亲人和挚友的离去，让我们生死相隔，再也不能相聚，成为一种永久的伤痛。

我出生的城市，已经变得让我陌生。走在熟悉的街道上，周围的一切，叫我迷失了自己。我常常一个人，茫然地走着，不知道要去见谁，也不清楚要到哪里去；被一种无形无名的力量所驱赶，在莫可名状的情形里，虚耗着时光。我眼中所见的我，令自己感到了恐惧。

年轻的时候，有过许多想法，回头来看，其实能做的事情，没有几件；可供自己选择的东西，更是少之又少。

　　社会的变迁，命运的无常，世事的纷繁，最终都会有许多不可以化约的东西，落在个人头上，需要每个人去独自承担。在这个过程中，美好的时光，总是易逝而又短暂；人在其中显得非常脆弱，只有孤独会长久与个人相伴。

　　正是在自己的困惑中，我时常以所写的文字，来同自己的寂寞交谈。通过写作，照看着自己的孤寂，询问其中的缘由，感受孤独背后，更加孤独的东西。

　　我知道，单纯依靠写作行为，无法化解自己在现实当中所感受到的玄惑。但是，如果不将自己的痛和爱写出来，我会经受不住我所遇到的寂寞。将自己个人真实的经历与感受写出来，即便是微不足道的东西，哪怕是自己无法承受的事情，都会使我更加专注自己。活在自己的凝视当中，并且变成自己的检查者。我最终或许无法改变令人悲伤的事物，但我必须尽可能更加完整地接受和存放它们。让生活的困苦、无奈，成为生命价值的一个部分。

　　写作在我看来，并非神圣的选择，更不是职业或事业。它是我个人的最有用的习惯；能将自己的记忆与感受，转变成"血液"的流动；能让我觉得，自己还活着，防止变得麻木不仁。

　　用心来写，还让我觉得，自己的灵魂经由写作，曾经进行过自我的沉思。除此之外，写作对我再无他用。

我只能以个人的名义来写，无资格替别人代言。在我所写的属于自己的文字里，我看见了亲人和朋友，以及陌生的人群。我看见了自己的敬畏与恐惧，爱与恨，孤独与伤痛。作为一个普通人，我所拥有的感受，相信与我一样平凡的人，同样会感同身受。这是我将自己的文字拿出来，与别人分享交流的唯一理由。

去年，我们一帮中学同学聚会，回忆起少年的生活，大家有一个相同的感受，认为现在物质生活好了，对于幸福的感知，却没有增加。许多同学鼓励我坚持写下我们一起经历的事情，认为有必要让后来者知道，我们怎样经历成长的过程，让更多人知道，我们自己与别人的不同，并且能够尊重和长久地保留，彼此的不同。

我的文字，像我这个人一样，肯定会有许多不足之处，希望得到读者的谅解与批评。

杜爱民

二〇一五年十二月八日于西安

目录

我开始懂得如何珍惜，渐渐明白了应当如何珍重在生活中遇见的每个经历，哪怕是苦难和琐碎平凡的东西；我知道，苦难对于人类是没有差异的。当别人遇到它的时候，应当想到自己曾经的遭遇，也把它视为是自己的经历。

卷壹

感恩与敬畏

我一直以为童年的生活是单纯的。贫穷的日子并没有影响我自己所感到的幸福。尽管我的想法单纯幼稚，我却不会因此而有所改变。

四路公共汽车

二〇〇〇年冬季，几乎每天我都要乘坐四路公共汽车。我总是在黄昏时分从西稍门上车，在四医大医院下车，去陪伴重病的母亲。从一月到八月，家里的亲人相继病重住院，先是大哥，后是母亲。我除了上班，整日奔波在通往医院的路途中。四路公共汽车就这样载着我。

在那段日子里，我的身心已经非常疲惫。我拖着在工作中劳累一天的身体坐上车，在西安寒冷的冬日里赶往医院，然后，第二天清晨再回到单位上班。此前，我从未坐过四路公共汽车，甚至对它的存在都印象模糊，而现在它将我送达医院，有时候我还在它上面昏昏睡去。

一辆红色的公共汽车，穿过市中心的街区向城市另一端驶去，大街上忙忙碌碌的人群谁会理会它将开往哪里，谁能知道上边的人将要朝向哪里，谁又能发现这些庸常细小的世象背后隐匿的无数个秘密。没有人知道我的心情，没有人清楚我将要去照顾病危的母亲。四路公共汽车同样也不知道。不愿面对的事情，今天又必须面对；不愿看到的情景，今天又必须目睹。一辆公共汽车，它在城市构成的巨大图景中是微不足道的。汽车上的人更是如此。这座城市有许多汽车，有许多坐汽车的人，有许多人必须面对的事情。

母亲就躺在心脏监护室里，她的心跳、心律等心脏的各种功能都清晰地呈现在那些医疗仪器之上。我已经感到了死亡正从某个地方慢慢走来，像昼夜的更替那样不可更改。我知道，将要到来的事情终将到来。母亲平静地躺在病床上，她的身体已经非常虚弱，心脏功能正在迅速衰竭，这一切使她身体再也没有力气同死亡进行抗争。但她在承受和抵抗着疾病带来的巨大痛苦和折磨，她的表情，安详得让你看不出她在忍受着病痛的残酷折磨。好像一切都没有发生过。更多的时间里，母亲只是紧闭着眼睛，像平时那样安稳地睡着了。其实她根本无法睡去，只是在难受得无法支撑的时候，才睁开眼睛，看着我。疼痛迫使她睁开双眼，她的眼睛里却没有一丝一毫的疼痛。她神志清楚，尽管没有力气说话，但我能感觉到她在安慰我，让我不要为她担心。

在那段时间里，四路汽车让我劳累的身体得以舒缓：我静静地坐在上面，看着曾经熟悉的街区远去，那里有恋人、母子和兄弟。三十多年前，母亲也曾牵着我的手，走过那里，现如今，我成了往昔生活的旁观者，而母亲已经躺在医院里。这就是生命和时间，就像四路公共汽车，有它的起始和路线。没有人可以成为时间列车永久的乘客，人们所能够拥有的只是其中的一段路程和在路上的心情。

如今母亲离开人世已四年有余，其间我再也没有乘坐过四路汽车，但母亲的去世和乘坐四路汽车的经历，已经深刻改变了我。我开始懂得如何珍惜，渐渐明白了应当如何珍重生活中的每个经历，哪怕是苦难和琐碎平凡的东西；我知道，苦难对于人类是没有差异的。当别人遇到它的时候，应当想到自己曾经的遭遇，也把它视为是自己的经历。人的一生会遇到许多事情，也会在这些事情中改变许多。这当中没有根本解脱的途径，只有承受、忍耐，和对任何平凡的事物保持内心的敬意，就像四路汽车，现在在大街上看到它，我会停下脚步，默默注视着它远去。

鲁迁老师

　　三十多年前，我是西安一所小学的学生，对书本和学校的认识，是从那所学校最初的几间房子开始的，在此之前，关于书以及与之相关的东西，我都知之甚少。事实上，母亲送我上学，更多是因为在学校里，我不大可能跑到城墙、城河或者大街上去，在母亲看来，那些地方极有可能发生危险。母亲整日在工厂做工，父亲去了一个很远的地方，用当时的话说叫"下放"。我在紧靠城墙的一条街上长到入学的年龄，学校在那种情况下成了我的一个去处。学不学，学些什么，都不重要，重要的是可以把我寄托在那里。

　　学校教师中的男性，最多时共有两名。一名男教师在另一名男教师刚迈进学校大门的同时，离开了学校，侧身上路了。

　　年轻的女教师被分配教音乐课，语文和算术留给年纪稍长些的，学校的长者是校长和教导主任，课程还有学工、学农、学军，和唯一一名男教师带的每周一两次的体育课。

那位男教师姓庞。我与同学在课堂上都叫他："庞老师。"

下课后，在厕所或者在城墙的野草里，我们还叫过他别的什么。后来终于有一天，我们知道了他印在报纸上的名字叫鲁迁。上中学时，我在一本书里看到鲁迅是周树人。

通常男教师决定着学校的一切。倘若一位男教师只是站在全校学生面前，就已经使他的学生感到惧怕的话，那么学校就不会有什么麻烦。当时，解决问题的办法很简单，只一个字——打。只有打，才是最令人信服的方法。我们邻近的小学有位男老师，学生怕他，学生家里的其他人也怕他，自然，那所小学的一切都井然有序。

在那个尚武的年代，有种的男子都加入了军队，他们中更有出息的人，会被派往边界，目的是为了打击敌人。无论如何，鲁迁这位体育老师的所有方面，都不可能在我心中引起恐惧和崇拜之类的精神活动。恰恰相反，他一米八的个头，由于缺乏宽度和厚度，反而使人产生一种随风欲坠的感觉，加上他的眼镜，在我看来代表着胆怯和机灵的心眼。这一点正是我们当时最痛恨的。

鲁迁老师来到学校后，在教学楼旁的空地上栽起了篮球架，篮板极有可能是一扇旧门板，被新刷上了白色的油漆，并且添上黑色的条纹，篮圈是从废弃的木桶上弄下来的铁圈子。他还围绕那座三层楼房，用白石灰画上一圈圈的跑道。每天清早上课之前，或是在课间操的时间，鲁迁老师就会带着全校同学，在我们那条街上跑步操练。他跑在队伍前面，嘴里衔着哨子，发出有节奏的响声。我不可能站在队伍里，我根本不适合那种场合，那是傻瓜们做的事情。街道两旁的人们会发出声声大笑，有的还打出一两个呼哨。这在当时被看作是丢面子的事情。

也许鲁迁老师应当干别的，很明显，他并不擅长体育，甚至在很多基本动作和要领上，他的理解与正规的要求都相差甚远。这是不可思议的事，就像一个男人没有强健的体魄，就像他在一个只有女同事，而极少有男同事的地方工作一样，同样会被当作不可思议的事情。

当时，学校组织了乒乓球队和足球队。我们的足球队在外边不堪一击；而乒乓球队由鲁迁老师带领，在我们那个地区打了不少胜仗，在我们的地区以外，又吃过不少败仗。

我和我的同伴想使鲁迁老师当众出丑的想法屡屡得手。在体育课上，我们用篮球砸碎了他鼻梁上的镜子，当然，我们干得非常利落，绝无露出任何马脚。第二天早上，他站在大家面前，镜架断裂的地方缠着白胶带，一边镜框上镶着玻璃片，另一边的镜框空空无也。事隔多年，当我的鼻梁也架上了一副镜子，我才意识到，这是无法选择的选择，既不是对斯文炫耀，也非胆怯的表现。

那个时期的学校，真正能传授给学生的东西没有多少，每隔一阵子，老师们不知从什么地方搞来一盆糠、树皮或者野草之类的东西，在学校的茶水炉上蒸好长一段时间后，摆到教室前面的讲台上。全班同学围坐在那盆外观色泽上都极为难看的东西周围，忆苦思甜，由从长安县（今西安市长安区）农村请来的农民爷爷，给大家讲旧社会的事情。全班同学流着眼泪把盆子里的东西吃得净光。那些难以咽下的糟糠，塞满嘴里的时候，我心想：万恶的旧社会，比农民爷爷讲的还要苦。

这时候，鲁迁老师坐在教室后头，已经哭成泪人。他一边哭，一边发出嗞嗞的声音。同学们看他哭得伤心，便放开嗓音，哇哇地哭得更加厉害。教室完全被哭声淹没后，鲁迁老师会猛然站立起来，把右拳挥向空中，带我们喊几声口号，我便用衣袖擦干泪水，拎着书包，一路小跑着回家了。

小学一毕业，原来班上的同学各奔了东西。二十多年，我与鲁迁老师未曾见过面，直到前些年我从兰州回到西安，才从昔日的同学那里听到鲁迁老师还在那所小学的消息。这期间老实讲，我很少想起鲁迁老师，在分别之初的那几年里，我多多少少想到过他，后来就渐渐离他很远了。

不知道他从什么地方打听到我的地址，给我写过几封信，有一封是托人捎来的。他去我的单位找过我，而我正好又不在。几年来，我也想过要看他，但总因这样或那样的事情，使得我没有与他见上一面。前些日子，有位同学对我讲，鲁迂老师现在成了行动不便的"残疾人"。我想再不去看他，无论如何也说不过去。

再次见到鲁迂老师的心情是沉重的，没有久别之后欢聚的喜悦。他坐在一把矮椅上，明显衰老了许多，见我走进房子，本想支撑着站立起来，但他的腿已经不再听他使唤。我赶忙扶他坐稳，感到他的身体出现了萎缩。岁月无情地改变了他的身体。我的老师紧紧握住我的手不放，他非常认真地看着我，竟然没有一句要说的话。二十多年来，我第一次发现我们之间的感情如此亲近，他把我和我的同学当成他的孩子，看成他身体拥有的某个部分。

在我们生活的世界里，人与人真正的相遇和接近，已经变得不太容易，甚至，在一辈子都要天天见面的两个人之间，始终没有说一句真话的机会。我们靠那些伪装支撑着，将真实的东西隐藏起来，亮出来让别人看的，全是一些花花绿绿的好牌。在我们每天不断听到和看到的事情里，对某某人发了横财、出了大名的消息更感兴趣，而极少想到他们的来路。我们更愿意走近有名望的人，而很少注意身边活着的普通人。在我重见鲁迂老师和随后的时间里，我意识到这么多年来，他确实同我们中间的一些人想法不同。他除了身体明显垮掉之外，身上具有的气质，始终未变，这种如一的坚守，与群山在岁月之中保持的姿态完全一样。在死了多次而最终又活过来之后，他似乎对世上的事情，看得更清楚。他明白什么是世上的东西，什么是自己的东西，透过光和风的影子，他不仅看清了生和死这些重要的事情，还能看清比死更加高远的事情。这种澄明和清静，在一个朴实的平民身上闪耀着光辉。

二十多年里，他干的唯一的事情就是把自己拥有的知识、精力和爱心，一份一份分出来，送给我们这些孩子们，所有的一切，都围绕着这个圆心转动。与自己同时代的有些人相比，他没有钱财，没有名望，没有地位，一无所有。他已经活到了"空无"的地步，这种"空"，在我看来是一种更加广泛、更加深刻的"有"的汇合与承载；这种"无"，处处不妨碍"妙有"。

鲁迁老师无所不有，处处都在，每一个活着的生命存在，都包含着他的存在，每一个活着的生命所有，都是他的所有。

母亲的病

从我懂事起，便知道了母亲的病。我的懂事与母亲的病是一同进入我记忆的。尽管早先对于病的理解模糊，但它之于人的危害却是再清晰不过了。在我目力所及的地方，比如灶台、桌子上，可见一包包用来为母亲治病的中药，还有用来熬药的砂锅、滤药的细铁网笼等专用的器具。我知道病对于母亲和我们家都是一个必须面对的问题。

我的担忧、牵挂与惦念，也同母亲的病无法分开。母亲的病像一块低沉的阴云，就漂浮在我童年的头顶，让我时常处在孤独和忧郁之中。

在西安二十世纪七十年代初期的夏日黄昏，有一种孤独的味道只属于我个人。在我与邻居的伙伴在城河或城外狂喜地玩完一天之后，每当靠近我家住的院子附近，空气中熬中药散发出的味儿便愈益浓烈。这样的味道我再熟悉不过，它从黄昏到早晨一直都萦绕着我。我立刻会从先前的高兴与快乐当中回到自己的焦虑。那样一种奇特的味道，在西安南部的天空呈现得尤为独特，它们像无声的钟鸣，让我清醒地回到自己所要面对的境况。在这样一种神奇的气息中，我每一次都不得不低下头，任它之中所具有的魔力，将我拉回到自己的担忧。

我的期待，也缘于母亲的病痛。坐在小学的课堂里，常常会想到母亲的病，心里总是盼望她的病快快能好。我童年里要做的一件事情，便是自己独自跑到城墙上，面对着南山，心里默默祈求冥冥之中的上苍，保佑母亲的身体能够早日安康。只有这样，才能抚慰或减轻我的心理压力。

在我没有上学前，母亲带我去得最多的地方，是医院而不是公园。疾病这个对人体来讲最可怕的东西，是我早先所接触到的启蒙教育。在医院里，随处可见在其以外根本无法看见的东西。医院在和平美好的日子里，隐匿着一种不易察觉的绝望。在医院，一切从绝望开始，才有可能从中走出。如若仅仅重合于其中的绝望，就此便会迷失其中。

我对西安南部甚至更远地方的医院熟悉的程度胜过那些地方的公园。南院门医院，位于当时的公社（现如今叫街道办事处）与银行之间，类似现在的社区医院。坐北朝南，正门直面大车家巷口，离我们家距离最近，只需从我们家向西走过大车家巷，就能在十五分钟内赶到。母亲心口痛得突然，最方便去的就是南院门医院。在南院门医院向东不远的粉巷口，是西安市第一人民医院，通常母亲感到病情加重或不见减缓时，才去第一人民医院。南院门医院虽小，但中西医合科，情况混杂，没有医院特殊的气息，也没有住院的病人。第一人民医院夏天的来苏水气味刺鼻，冬天洗衣房的蒸汽特别浓烈。我在上小学前随母亲到南院门医院的次数最多，上小学后，去第一人民医院看病才多了起来。

或许是由于我母亲的家族中，有过近亲婚姻的缘故吧，到我母亲身上，自小就患上了一种先天性心血管狭窄、心脏瓣膜畸形和心肌缺血的病症。在她年轻的时候，这种病还拿不住她，只是在劳累和情绪紧张时发作，随着年岁的增加，母亲犯病的时间间隔越来越短，程度更加严重。从最初的胸口憋闷，疼痛难耐，呼吸急促，到最后形成心衰，已无力支撑住自己身体的呼吸了。

"文革"初期，我的父亲被下放到农村劳动，母亲带着我们四个孩子在西安。有一度父亲的工资被扣发，我们一家靠变卖母亲结婚时的陪嫁过日子。到后来再也无法维持一家的生计，母亲便不得不到一家街道工厂做工，她除了操持我们四个孩子的吃穿用度、照料我们的生活外，当时还兼做我们那条街道居委会的工作（母亲在新中国成立后随父亲到西安，一直义务做着我们那条街区居委会的工作）。那时候，母亲每天天不亮起床，准备好家里一天吃用的东西后，便去到街道工厂上班。晚上回到家，忙完家里的事情，又同居委会的大妈去巷子里巡逻，帮助调解邻里间的纠纷，为巷子里的孤寡老人服务。"文革"时期，学生大"串联"，母亲还同居委会的其他人一道，每天黄昏后在巷口迎接由解放牌汽车运来的"串联"学生，将他们安排在巷子的各家各户休息；领着我提上两只大暖水瓶，逐一查看各位学生的住宿情况；第二天清早，再将他们送上卡车，自己才去上班。

那段时间里，我父亲家的亲戚和乡村的邻里到西安来看病和办其他事情，我们家就是接待站，母亲还得照管这方面的事情。乡亲中许多人根本没有钱看病，母亲晚上通常领上我，带上那些老家的人，到我父亲认识的一些老中医家登门求医。那个时候，西安有名的中医，包括沈万白、杨洁尘、贾坤、赵书全的家，我都随母亲去过，而母亲为了不给别人添更多的麻烦，在这些医生面前，从来不提自己的病。

母亲心脏犯病多数都自己扛着。心口痛的实在受不了，就吃两片止痛片，脸色白得吓人，豆大的汗珠从头顶往下淌，情况十分可怕，母亲却从不作声。

母亲所经历的每一次病痛，在我都像是遭受电击一样。我是带着这样一种比心灵之痛还要更加复杂的感受，度过自己的童年。

一九六八年下半年，我在每天下午三点半放学后，比其他孩子要多做的一件事情，便是为母亲买药或取药。南院门医院中药房的药剂师，通常在药配齐后，会用浓重的南方口音呼叫患者的名字，告诉对方可以取拿了。我常常夹杂在等待拿药的病人中间，他们带着各自的病和各自的想法，在南院门医院里聚散。我前天，还在梦中又听见了那声音，只是仍然无法弄清，它是来自南方哪个地区。

在第一人民医院取药，一切都非常安静。我每次去的时候，药房窗前的高台阶前，已经很少有人，只有一捆一捆的药包，任由患者自己辨认领取。我得踮起脚尖，从中寻找出写有我母亲名字的药包。我在没有学习识字之前，已经认得母亲的名字。

西安城南的中药店，在那个时候都被我跑遍了。有时候，为了一味缺药，我得从五味什字的藻露堂，跑到竹笆市的达仁堂，按照药味和剂量的要求配好，再从达仁堂赶回藻露堂，补齐所缺的种类，然后赶回家，将其中的一包在药锅里泡好，放在炉子上用武火煎开，再用文火慢慢熬，为的是母亲尽早能喝上。我记得有一次，大概是在过旧历年前，母亲在床上躺了整整一天，我放学后，为母亲取回药，在她的床前，为她端上了一碗热腾腾的药汤。母亲接过碗，没有立即喝下，只是背过身子了好一会儿。我也不敢看一眼母亲。我相信那一刻母亲流泪了，也是我记忆中唯一的一次。

我身体里的痛，最初就源自于母亲的病。我最早对于生活世界的获知，更多来自医院和旧的中药铺通往回家的路上。我心中的希望和祈愿，是在每一次为母亲取回药，奔向归家的途中升起的，包括我成年后，每一次送母亲去医院，再将她接回家的过程，心中的希望从未幻灭过。每一次的希望愈急迫，回过头来所遭受的失望与挫败感，也愈深重。母亲的病，让我过早地深陷于人生的悖论当中，让我的童年，从一开始就处在生命的规则无法化解的存在之谜中。

我常常身不由己地想到死亡，想到自己根本无法想象的事情。那样一种藏匿在生命尽头不可言喻又真实存在的境况，是我的想象不能穿越之地。我与母亲，都共同拥有这一否定所带来的绝对虚空的时间。它在我们身体之中，又外在于我们的目力不能及之外。母亲的病诱发的对于死亡的想象，是一个不确定的过程，有一个必然的结局中，却无法预料任何的必然性。在我看来，任何时候，任何事情，都有可能随时随地地发生。而在这之后，才有可能谈到个人作何反应。你可以随时随地采取抗争，你也可以等待或消沉。你也许会恐惧，但最终，你能依靠的，是你必须首先成为自己，然后才是你对于所有一切的承受。

恐惧，无力感，绝望，伤痛的合谋作用，让我对于自己的感知产生了倒挫。当我在童年里，以一个孩子的面孔出现在一群衰老的病人中间，没有人知道我的老成；而在成年后，我的多愁善感，我的意想与随意的性格中所藏的孩子气，也是我的同辈难以察觉的。我清楚地感到，在我的身体里，驻留的人不止我一个，从中所见的我自己，也不只是单一具体的个体意义上的自己。我从生下来，到我懂事，知道了母亲所生的病之后，我就有了自己的化身。

前些天，我回到了母亲曾经居住过的房子，在角落里又看见了母亲用过的药锅，上面已布满了灰尘。我用手在它的表面摁了几下，我看见自己的指纹清晰地印在了上面。有些事情，对我是想尽力忘记的，包括母亲的病，我总是不愿提及，生怕勾起自己的伤痛。但凡事情经过或拥有了，就不可能消失得无影无踪，它们最终都会留下痕迹，叫人挥之不去。这些或许还是我时常心头怀有一种罪感的原因吧！一旦想到母亲与生俱来的疾病，没有办法根除，我立刻就会从一种状态，进入到另一种状态，无法排解内心的忧郁。

我的母亲生在旧社会，曾经缠过脚，后来又放开了。她的鞋子，比裹脚的人大一些，又比正常人的小。童年里，每天晚上回到家，在母亲的房里只要看见她的鞋子摆放在床前，一定是她的心脏病又犯了。那样的情况，我是不敢走上前去的。我会躲在隔壁的房间，直到母亲心口的痛舒缓下来。每一次的心痛，母亲都是独自躺在床上硬扛着，等到她叫我为她倒一杯水时，我才敢来到她的床前，知道她的情况稍好了一些。

疾病所造成的恐惧与危害，并不只存在于它可见的形式中。它在人的血肉里爆发，在不可见的精神领域不断投射影响。真正可怕的不是病，而是它的不可预期，难以把握的变化。它的意外，它的独特，它所造成的无法辨别的漆黑的暗夜感，所有这些比病本身更为恐怖。

就这样，我在母亲所经历的病痛中长大了。我的母亲，也在她的病痛中活到六十九岁。每个人的生命、死亡或所得的病，都是诸种生命，死亡和病的一种。人生快乐也罢，痛苦也罢，都不可能是完整的。我的母亲是在对于自己病痛的承受中死去的。而有的人，在得病之后，根本没有机会与自己的病相抗争，便死去了。

二〇〇〇年母亲逝去了，距今快十五年了。十五年前就像是昨天。母亲的病，还是她的病；我的心情，也还是同样的心情。现在它们被我用来证明曾经有过的一段时间。也许对别人来讲，那样一段时间毫无意义。正是在这一点上，母亲的病，给予我所拥有的那一段时光以内容。

杨子真先生

　　听到杨子真先生两部关于考古和文物鉴赏的书即将出版的消息，我一点也不觉得突然。子真虽是经学研究背景出身，却在考古和文物鉴赏方面有颇深的造诣，其实并不叫人意外，因为他自幼便有这方面的爱好，加之他的家传（子真家的收藏在西安回坊极富响名），使他得以接触到更多的实物。子真天资非常聪颖，好奇心强，一件器物，制型工艺上的来龙去脉，背后的文化存遗，非要弄个水落石出，方可罢休，假以时日，在西安城中，子真已是藏界风闻的人物。他在史前的石斧和高古玉器收藏方面已成系列，并多有此类的著述行世。连续在《西安晚报》开设的"子真鉴宝"专栏，已经家喻户晓，有一阵子，缺了每周子真的专栏文字，就好像少了什么东西。读他的文字，会让人上瘾。

　　多年前，子真被陕西社会科学院聘为考古方面的研究员，他的兴趣也从石器玉器转向了瓷器与杂项上，节假日在中北古玩城，偶然能碰见他，聊几句闲话，也就匆匆作别了。早先子真还同戴希斌先生学习山水画，我见过他用焦黑临石涛的山水画幅，并不像别人那样一板一眼，而是极尽自己用笔的骨力，放得很开。后来他又投师在赵振川的门下，长安赵氏门中的山水多从生活自然中取神，要完成如此大跨度的转向，不知子真作何应对。只在赵振川的画室中遇到过他几次，随赵振川学画之后的作品，我也从未看到过。

我们家在二十世纪七十年代初期由城南搬到北院门，与子真家同在回民居住的坊上，但却没有与他有过交往。回坊在西安城中是多出奇人的地方，这里的饮食不仅是西安特色的代表之一，各个行道里的能人奇人，也在其中辈出，玩鸽子、养鸟、练武术、收藏字画古玩的高手，应有尽有。"文革"期间，回坊里的人群中存有的爱好从未中断。现在最能留着老西安味道的街区，只剩下城中回坊这一小块了，西安其他地方都盖成了新楼。子真曾带我看过城隍庙旁边的清真西寺，大门的牌楼建于元代，寺中保存着郑和碑，楼亭经堂多为明代所建，保留的完好程度，也是回坊之外的寺庙少有的。子真像这里的其他穆斯林一样，对老祖宗留下的老东西，都尽着心力在维护。西安自唐以后不仅世界闻名，也是一座信仰之城，城中各类宗教所建的庙宇寺观的密度，不比耶路撒冷少，"文革"之后，多数都废毁了，唯独回坊的几座清真寺独存，子真也在其中奔忙过，他还约西安有名的书家画家，为几个寺里的经楼题匾，尽量能使更多的外地人了解西安的文化特点。

子真人直性子急，做事风风火火，好帮朋友。书院门顺城巷改造后，沿城墙修起了一排仿古店面，多数在此开张的字画古玩生意，都做得红火兴隆。子真在街东头临着碑林的位置，也开了一家铺面，好的地势，生意却冷淡。我先后去过不下三次，店面都上着木板紧锁着，问后才知，店主杨子真为别人帮忙看东西去了。

以自己的眼力，开扇店面，用"藏"养"藏"，是再正常不过的了。子真开店却与别人不同，一周七天，能正经开门的时间，加起来不过三日，这当中遇上好友求他帮助掌眼，锁上大门，二话没有就去了。有意思的是，子真店里的多数东西，均为非卖品，过一阵子换上一茬新的，只许看一概不出售。他最得意的是坐在自己的店里，喝着碗茶，用余光扫着自己的心爱宝贝，全然把生意放到了脑后。碰上知音知己，子真滔滔不绝对人讲这讲那，兴奋时干脆将东西塞到别人怀中相送，事后又觉着后悔。所以，他店面的生意如何，是可想而知的，到最后只得关张。

在我眼里，子真是个奇人，尤其在古玩鉴定方面，能力更是了得。我同他的交往是近十年的事情，从旁一直在跟他学习收藏本领，平日里读有关的书，节假日逛古玩城练眼力，怎么学，都觉着这一行水深，没有长进，看不出名堂。

我还赶过多趟鉴定会，听过好多回讲座，也见过一些民间的把式和行家，使我愈发觉着收藏行当博大精深，奇人奇才辈出。而杨子真没有让我觉得过神奇，反倒认为他平常，但他每次为我掌眼的东西，都准，没有走眼的时候。我在心里细想过他这个人，终有我百思不解的地方，让我觉着他活得有滋味，能把神奇化为平淡。

他向我说起过他的想法，很平淡地对着我说：日后准备要将自己所藏的那一批史前的石器捐给国家。那些东西现在越来越少了，应当让更多的人能够看到它们。

每个人进入收藏的行当都有自己的想法。有各种想法都合乎情理。我也想到过子真在西安街道上走路的样子，他肯定有自己的想法。除此之外，我还能真切地感受到他的热心和热情。每当想起这些，我会觉着暖洋洋的，分明还有一分促人振奋的力量在其中。

翻过今年年头，我就五十岁了，过去的人到了这把年纪都已有了许多讲究，年轻时喜好的一些事情，都应该放下了，先前忙活的劲头，现在都可以收一收了。回到自己，回到自己腿脚能触及的地方；关照自己近旁的东西，也关照好自己，说穿了就是见自己高兴见的人，做自己真正喜欢的事。子真在这个时候，一直都是我想要见的人，不完全因为我们有着共同的爱好，还因为他活得朗净坦荡，有什么事情，照直来说，不藏着掖着，也不会让人感到劳累。

钱和财宝，大家都会喜欢。有些人喜欢的同时，还明白这些东西，生不带来死不带走。人活在世上，只有钱财，还不能够算是真正富有。个人独有的心气与精神生活的底色，有时候跟钱财没有关系。杨子真在我心目中是富有的人，除了应该有的之外，我知道，他还有个好名声。

比水还淡的浓茶

茶生深山翠谷中,有野幽的禀性。中国人发现了这种嘉木灵草,深知其意味中如烟如梦的空漠与虚无的甘苦。

"食罢一觉睡,起来两瓯茶",大约是把茗饮视为浅小琐事。小户浅量,图的是小欢小乐。

"山堂夜坐,汲泉烹茗",可能是指饮茶为隐者们的清事。以寒泉古鼎煎茶,有松风吹来,明月照临,再读读《易》,这是心足、身闲、意适时,以茶寄傲的佳境。随缘任化,自然练达,只求己知其中的清味与明骨。

作茗事,励志清白,敛气约性,不同于将茶当作清玩乐事,目的在于获得人生气态的正性。茶就如同了清明行止的制衡器。

古人饮茶,并非个个都能做到心骨清正。宋代的高士,多由女子烹茶、送茶,兼咏茶词茶诗。"从来佳茗似佳人"用美女点茶,加上姿态和风韵,以及起始转折的过程,喝的就是风流了。

我对茶饮常识的了解，一直都是欠缺的，更说不上有这方面的修养，只觉得古人饮茶的兴味有趣，而自己，对最初喝茶的印象或记忆，都全然模糊了。但茶在我看来就像麦子和水，是生活里无法或缺的东西。茗茶品韵，留香释怀之类的雅饮，其实对我讲来，都是奢侈的事情。

茶作为生活的一项用度，是我工作之后的事情。我那会儿远离故乡，一个人在外生活，同事有时到我那里串门，招呼人家坐定，烟茶是必需的东西。

年轻时，不知害怕，没有忧愁，精力旺盛，做事风风火火，匆匆忙忙，不晓得甘苦，这其中，自然也略却了对茶的性味的细微感受。我是一个粗疏的人，对自己和生活没有过高的要求，在二十二岁之前还没有独立生活，之后，工作了，开始挣钱，也不懂得如何来享用，更没有自己能挣钱的自豪感。第一次招呼同事所用的茶，是我从西安家里带来的，母亲想着我已是大人了，应当需要有茶这类待人的用品了。但家里从未给我带过烟，二十五岁之前，我也从未在父母面前抽过。

我区分不出茶的优劣，想当然从粗浅的表象感知里，对茶认识判断。我以为给同事沏泡的茶沫，应当算是不差的，后来才知道，它的品级属花茶一类最次等的，价格十分低廉。起初我对家人的用心不大理解。从最简单的事情做起，用最便宜的东西。多少年后我才明白母亲带茶给我的用意。

茶在我看来是成人用品。能够正经八百饮茶是一个人成年的标志。小时候，我们巷子里住过一位泥瓦匠，大伙都叫他冯伯。冯伯练过拳脚，靠手上的一把瓦刀养活家里四口人。一年当中，但凡见到他，手里总端着一只大白搪瓷缸子，表层已被炭火熏烧得油黑，辨不清原先的颜色。冯伯嗜茶如命，手头上紧了，陕南的老叶子供不上，就拿环城林的苹果叶煮着喝。常年喝稠黑浓重的茶，冯伯的牙齿已被侵蚀成灰黑的颜色，他一笑，便会露出来，随即还知道用右手遮掩。

在西安，许多下苦人：拉架子车的、三轮车夫、扛包的、泥瓦匠、屠夫等等，都喜欢喝陕南老叶子。一是清明后所产，便宜，五角钱买半斤一包；二是耐煮经喝；三是浓烈劲大，苦涩到了心根子，因而醒脑解乏。我偷喝过冯伯缸子里的茶，像毒药一样难喝苦涩，之后，二半夜里睡不着，没有丝毫的香气。

而冯伯依然有滋有味在喝。夏天的傍晚，在他家院当中的树荫下，支摆一张躺椅，身子撂展，身旁的小桌上搁着茶缸，呷摸一口，暗暗"唉"上一声，那种滋润劲和松泛像，让整日的苦焦和劳作，都随着毛孔散在了九霄云外。

从我记事起，西安的老茶馆只剩下了两三家，紧挨着"尚友社""三义社"这些戏园子。茶馆内多是上年纪的老人，再就是下苦的壮汉喝茶歇脚。戏园子里唱戏，一根线通到外面，接上一只喇叭，里应外合，周围便成了热闹处。这是戏园子附近茶馆得以存活的原因。

西安的老茶馆不同于成都。四川人形成了在茶馆里说事的习惯；西安人则爱赶热闹，听戏、唱秦腔。后来唱戏的行当不景气，秦剧团开不足工资，上不成大戏，那两家茶馆子也关张了，代之而来的是遍布街头巷尾的小茶摊。因为本钱小，也有需要，自家门口支一张小桌，不用费工费力，还有进项，自然还能维持下去。二十世纪六十年代末，我上小学，每天路过南门口汽车站，都能听见银铃般的女童声在吆喝："喝茶了！煎的、凉的、温温的！"我的同学王正，定要嘻嘻哈哈接上，问一句："有没有昨天剩瞎（下）的"。

那女孩穿着灰白底的中国式小红花袄，嘴头上利索地就回上了一句："滚！"他爸的头，这时候已从门里探出来。我们撒腿跑进了学校。

记得那女孩大约与我年龄相当，梳着两根长辫，聪明能干，口齿伶俐。有一次，我去她的茶桌前喝茶，她从白瓷壶里另倒了一杯给我，说是新的陕南老叶子，不要我的钱，只是以后叫我的同学不要来捣乱。她的脸是圆圆的，眼睛的黑眼仁特别多，显得有神。

多年以后，我在一本书里知道，"陕青"产于陕南汉中的西乡、勉县，也称为汉茶。战国中期，蜀王把他的弟弟葭萌封于汉中，负责茶务，就有人将茶称为葭萌。陕南植茶的历史久远，关中道上又有地利之便，西安人自然就会喜欢上了陕南老叶子。

对出力下苦人的茶饮，我起初以为是出于习惯，就像西安人爱吃粘（音：燃）面，没有更多的理由。后来我读《茶经》，陆羽说："茶苦久食，益思。"能解"热渴、凝闷、脑疼、目涩、四肢烦、百节不舒"，李时珍对茶的功效是这样总结的："茶苦而寒，阴中之阴，沉也，降也，最能降火。火为百病，火降则上清矣。然火有旺火，有虚实，若少壮胃健之人，心肺脾胃之火多盛，故与茶相宜"，我才明白，茶于劳力的人，确有实在的功效。

古时文人才子的雅聚茶叙，有的是坐在竹林的深处，抚琴抱道，茗香论艺。我不怀疑这当中的真实性，但我不习惯那样的喝茶方式。其中的"雅"和"趣"，在我看来不舒服。凡事自然、随适，总比拿捏、生装着要好。现如今，西安如雨后春笋般的茶馆、茶楼，有不少都以再现古代文人饮茶的情境为荣，只是文化厚重的西安人生性豪横，但见茶楼里还闻搓麻声，夜夜舞升平。

我一直以为童年的生活是单纯的。贫穷的日子并没有影响我自己所感到的幸福。尽管我的想法单纯幼稚，我却不会因此而有所改变。人们现在聚在一起喝茶大多因为说事谈生意，或者冲着茶的"名贵"而来。喝茶成了身份的需要，利益的需要，而不是身体的需要。节俭绝不意味着不吃不喝。

节俭是对物品功效直接干净的享用。如今已经很少有像冯伯那样有福气的人了：他用稠黑的茶汤，一次一次浇灭体内因劳作而生的焦火，并且每次都那么痛快淋漓。我相信茶是一种有灵之物。它会报答那些懂它的人。它润喉、解闷、搜枯、发汗、清火、通心。那些成年劳作，真正好茶又高寿的人，才配称得上是真正知茶的人。

一九八三年我在兰州一所大学教书，偶尔会在校园里碰见一位瘦弱的老人，冬天里穿一件大衣，领子很可能是那种名贵的毛皮。我们那所学校在五泉山下，校园内地势起伏，老人走路很慢，上坡下坡，显得吃力，见了熟人，他先停下脚步，喘一阵粗气，然后才能断断续续发出声音来。学生们都叫他唐先生，我后来知道他就是"九叶"诗人中的唐祈，从当时的情形看，他已经身患严重的哮喘病。

大约有半年的时间，唐祈先生一直在不声不响关心着我。我那会儿只是一个喜爱诗歌的年轻人，同他不在一个系里共事。他从西安的沙陵先生那里得知我与他在同一所学校，就跑到我们系上问我的情况，也不知从什么地方看见我写的诗，推荐给当时的《星星》主编白航先生发表。他在远处关注我，给一个刚开始独立生活的年轻人尽可能多一些的帮助和爱护，而我当时对此竟全然不知。他还在很多个场合对《飞天》大学生诗苑的编辑张书绅老师说起过我。唐祈先生对年轻人的关爱是极其真挚的。他心里想到的，就那么去做了。他把爱和善良给予别人，从不知道收回。当时，我们学校的韩霞，以及在兰州的封新成、普珉等人，唐祈先生一样对他们很好。

记得是在兰州的第一个旧历年前，天气十分寒冷，我还住在山腰下艺术系的琴房里，距唐祈先生住的地方不仅要走很长一截路，还得爬一段山坡。一天晚上，唐祈先生用报纸包着一包东西，敲开了我的房门。老人话不多，称我同志，在房里坐了一会儿，临了，打开纸包，说："兰州冬天冷，砖茶熬着喝能驱寒；还有两本书，读书可以忘记寂寞。"

我知道唐祈先生早年就同吴晓帮先生在青海、甘肃一带收集少数民族的民歌，抗战时期还在陕西城固的西北联大读过书，五十年代从《人民文学》离开后，就一直在西北生活。他吃过许多苦，也受过不白的冤屈，但这一切似乎对他来讲又算不上什么。淡然的心境，泰然的态度，轻轻地化却了一切向他袭来的伤害。他会替别人细心着想，尽力为年轻人做一些事情。有一年冬天，西北师大的陈桂林等人在兰州工人文化宫组织诗歌讲座，我随唐祈先生去了，来接我们的吉普车开到文化宫的坡下面就熄火了。我们只得走着爬坡，在一座古旧的大殿里，坐满了诗歌爱好者。房子里很冷，四处透着风。唐祈先生讲完课，回到学校时，头上却一直冒着汗，身体显得已经没法再支撑下去了。

随后在兰州的几年里，唐祈先生时常叫我到他家，取出江西老家人寄来的好茶叶，泡上，亲手做两个小菜，让我同他一起享受清福。

一九八六年我调回西安之前，唐祈先生特意在白塔山公园的餐馆里订了座位，他的夫人、女儿、孙女，还有一帮朋友都去了，算是为我送行。席间唐祈先生特意要了兰州盖碗茶。在兰州多年，这是我第一次见到这种茶饮。唐祈先生内心里是想让我和大家高兴，而那天，他却一直有些伤感。

多少年来，有无数人离开故乡，只身去了大西北。到西北不同于去深圳、北京、上海这些大地方。有些人明知西北的情况不同，却要执意前往。他们一辈子的好时光都留在了西北。唐祈先生便是这样的人，包括后来成为我忘年交的长辈徐庶之先生、孙艺秋先生等等。我在西北见到过许多的外来者，像唐祈先生一样善良厚道。他们来到西北，不是为了自己。他们做对西北有益的事情，既没有声张什么，更不会炫耀。他们不完全是因为谋生的缘故才去做自己要做的事情。除了做事，他们还懂得什么叫牺牲。

正像是一杯茶，被一次次煎熬之后，已经变得比水还要淡了，透明纯洁得没有颜色，牺牲也是一个缓慢长久的过程，既存在于每时每刻，又需要一个人的整个一生。

我现在也养成了喝茶的习惯，不可一日无茶。在茶汤泡得淡然的时候，有时会想到那些我认识的故人，还有他们的恩情。

宗奇先生

　　我是在四十岁之后与宗奇先生相识的，之前，自己的个人生活与人生经历，也大都处在紧张匆忙的状态，没有留下能够令人欣喜的东西。或许是由于年纪轻的缘故，再加上自己的愚拙，对生活的理解自然会有许多的偏颇，与己与人都有着见识上的盲点。四十不惑，对于我显然是套用不上的，如果说在这个年岁上还有一些感触，便是觉着自己先前只一味看重书本上的东西，还不懂得读生活这本书，看不见其中的变化隐含的道理。正是在这个人生的节点上，我遇见了宗奇先生。

　　比起一般人，我的性格属于内向忧郁的，遇上不顺心的事情，常常独自一人默然地承受，心中的郁结不能一时间化解掉，使自己的精神情绪常处在灰暗的色调之中。自从认识宗奇先生后，孤独的时候，不自觉地会想到他：背着手，弯着腰，安静地在月光里面走路，带着他的和善与朗静，以及一个从乡下来的人的厚道与本分。他为人处事宽展的劲儿，常能流入人的心怀，就像手掌所带给人的呵护一样自然。我的心也因为对他的所想，会舒坦起来，无形中对他的感觉，成为我孤单时的依靠。大约十年了，有意思的是，我没有对他说起过内心里的上述想法，他或许也不曾察觉到。

他的一位朋友，多年前为了绘画只身来到西安，居无定所，流离漂泊，生活上遇到了不少的困难。他从旁帮扶着，在年节的关口上，送去一些钱物和所需，不吭声就离开了。为了能使那朋友生活安稳，他暗自跑了三年多的路，求助方方面面帮忙，终于为朋友拿到了西安的户口，他把户口本塞到朋友掌心里，只是习惯地憨憨一笑，转身就走了。待到朋友反应过来，已经没了他的踪迹，而他的那位朋友已经哭成了一个泪人。

宗奇先生有着极高的写作修养，正是因为文字让我们结上了善缘。作为一个文字的写作者，在当今是很难拒绝一些诱惑的。写作行为有时会使写作者的自我感觉无形中膨胀起来，包括我自己在内，都难拒被"神"化和被"英雄"化的蛊惑，时常会觉得自己了不起，也乐于表现自己如何的不同凡响，目空一切，恃才自傲。而宗奇先生给人的印象却不是这样的，他能够平静从容地与自己的文字写作相遇，并且清醒地意识到这样的经历，并不渴求别人的注意，也只在更深入地向自身返回的途径中，才能获得前行的方向。"回避众人所赞扬的一切以及幸运送来的礼物"，文字写作，在他手里，更进一步敞开了平凡事物的光亮。这光亮使普通人所有的精神力量不再为任何东西所感动，他把身体之中所具有的朴素单纯的品质，带入了文字的美当中，这种美还包含着对于他人的尊重。在我认识的文字写作者当中，具有这样写作情怀的人，并不多。宗奇先生身上和文字中这些暖人的东西，时常会在暗夜里把我的眼睛照亮。与我同代的一些人们，身上多少都有程度不同的"英雄"情结，这也体现在了我的文字当中。宗奇先生让我明白了世间还有另一条平凡的道路，它实在地与我们细小的日常生活相系在一起，尊重敬畏并且诚实对待我们所遇到的这些具体细小个别的事情，持续不断守护平常所带给人们的东西，长此下去所形成的过程，同样也能够展现生命的另一种可能。

我一直以为，文字写作同做人是有联系的，因为对于写作者来讲，他的立场和态度直接决定着文字的走向，也是作者作为个人在生活中得以确立自身的立足点。宗奇先生为文做事是有标准的，但他的要求只针对自己，从不拿来诉诸到别人身上。人在基本的方面有大致相同的地方，文章也是如此，除此之外，写作者还要面对自己的人生和自己的文字。这其中的区别和差异，可以拿出来与人交流，但绝不应当强迫别人去接受。宗奇先生写过许多清醒的文字，这种清醒在于：既警觉地意识到了自己所写的文字本身就具有的强迫性，又试图在写作中将它们加以克服。文学在今天也是一个名利场，借此用来实现非文学的图谋，已成了司空见惯的事了。宗奇先生把自己的文学生活尽量地放置在了文学的范畴以内，为文所带来的乐趣也只限于文字本身。在他看来，之所以还有写的必要，也正是因为在与文字相遇和经历的过程中，还有一扇开启的门，由此存在着重塑自己生命美的另一种可能，而且这种可能，必将超乎我们所知的对于人的定义。

宗奇先生出生于合阳的农村，十八岁离家独立谋生，老家的事情长年靠弟妹承担着。有一年冬天，他的父亲去世，我们几个人连夜赶去看慰，宗奇先生当时的心情是可想而知的，我们几个为老人行跪礼的时候，宗奇先生一身孝服，满脸泪痕，他在陪着行完礼起身的时候，眼中泛出了一些光亮，我觉得这个倔硬的秦人，在任何的困难面前，都是不会低头的。

五十岁之后，宗奇先生逐渐有了更多的个人爱好，除了一直坚持的写作之外，又喜欢上了书法和中国画，之后又搞起了摄影。但凡他热爱的事情，也很快就能入痴入迷。记得是三年前的冬天，我们一同去陕北的壶口，凌晨四点钟，他便起身，带着摄影器材去拍壶口的情景，当时室外的气温有零下十多度，等我醒过来，他已完成了拍摄，冻得在房当中跺脚，浑身被霜雾包裹着，但却是一脸的乐呵。

他生活的重心和为文的指向一直都是向下的，脚板平实地踏在要走的路上，不去想有朝一日要从地面上飞起来，只带着自己对于人生抱有的心劲儿，一路不停地走着。也正因如此，他能够辨认出支撑生活得以继续的那些持久的东西，并且能够领受这些东西本身带给自己的启示和活力。他把自己迎接孙女降生比作"格格驾到"，并且，风趣地告诉朋友：谁想要孙子，谁就得当孙子。这当中，有他成为长辈以后，真正感到过的快乐。

宗奇先生凭自己的努力有了现在的工作岗位。既没有见他得意过，也不曾见他因此为自己谋过方便。他依然像一个普通的农民，实实在在地工作和生活。他是个知福的人，懂得祸福相连的道理，一直不敢让自己大意。身在福中不知福，或许对一些人来说还不要紧，但身在祸中不知祸就要命了。看看今天身边的那些人，同宗奇先生相比，他们根本就不知道人的祸福究竟藏在哪里。

这些年来，宗奇先生每写完一篇东西总喜欢在电话里给我读，听听我的看法，有时候是两句诗，有时候是一篇长散文。我能够感到电话另一端，他的期待与认真的劲儿。有时候，这样的电话，一天要接三次，不论白天和晚上。回想起来，这样对文字痴心的热爱，早已在我的身上荡然无存了。我总觉得这位长我十岁的兄长，其实比我要年轻许多。此后，我也把他的电话，当成了对我自己的催促与鼓励，尽量不再偷懒，也不敢放弃自己的文字爱好了。

今天的生活变化之快，已超出了人们的想象。与过去相比，新的东西不断涌现，在人们尚未反应过来之前，就已经离去。走在西安的街头，车流与人潮从身旁熙来攘往，常使我变得迷惘。如何克服自己精神当中挥之不去的焦虑，至今在我也未寻出答案，宗奇先生也不曾为我解答过，只是与他的交往，让我想到了那桩佛教公案：师父将弟子的头摁入水中，欲知真谛何为，皆在窒息之中。

宗奇先生是那种让人想起来，都会对人带来帮助的人。在我的生活中，见识过不少的人，与人如何交往方面，确实还没有什么心得。同宗奇先生近十年的过从，都是处在平淡当中，但我们心里彼此有对方。对我来讲，与他的友情没有负担。他是那种把自己的所有拿出来给了别人之后不知道回收的人。我们也不是在彼此相求的基础上交往的。他给过我一幅自己画的画，是一架没有肉的鱼骨，我每每拿出来看，就像见了他本人一样，有滋有味。

消　息

　　我与原先单位的联系这些年里已经很少了。消息让我在最初离开时与它依然能够保持着联系。我起先有空还去看以前的同事，也常在电话里联络，随着时间的推移，往来减少，以至像现在一样，变得多年音讯全无。

　　这不能算是人情冷暖使然。二十多年里，每个人都有要做的事情，大家在生活里奔忙，被驱使着与一些人事靠得更近，同另一些变得疏远，其中都有各自的理由。

　　生活让我自己在这些年里变得更加孤独。我没有理由埋怨环境和周围的人，在一个功利和人际关系充斥的空间里，活着实属不易。只是由于纯个人的缘由，我时常无法与这变化的节律合拍，不断地萎缩于个人内心的空间，想寻求一点灵魂的安妥。我不是一个高尚的人，在生活里再普通平凡不过了，但我时常却感觉到了痛，无法言喻的痛。它长在我身体之内最为隐秘之处，控制着我，让我过着另一种与现实完全不同的生活。

我在二十年前的那个时间点上与原先的地方脱节了。一些人在那里来了去了，或是春风得意，或是郁郁寡欢；还有人一直在心里算得仔细，在时间里枉费心思。

我慢慢养成的习惯，像是我身体的能动使然，它靠一点一点地垒积形成，让我根本无法察觉和看见。我的眼力在增强，同时又衰微，这是各种功利诱惑长期熏陶的结果。我自己的身体也像是一台机器，开始为我所想要的东西而不停地转动。

我在自己潜意识里发现了一种被植入的根深蒂固的东西：一个被放大的自我。它只会通过对自身的辨认来确立自己。它看不见别人。这是一种不断下坠的凝视，麻木、空洞，没有任何参照。从起先的排他开始，形成视觉的盲点，到最后来依然能看，却什么也看不见。

我已习惯于接受各种的安排，听任摆布，心安理得，平心静气。一次次地放弃和退后，让事情从身旁经过，然后自己也像是掉进了激流的漩涡。

那个像旁观者一样的人是我自己吗？他看不见由于这样的习惯对于别人造成的伤害。他潜意识中那些灰暗的东西，被拆碎化合到日常的行为中，已经日积月累地带给了别人的不愉快。当他的同事痛苦的时候，受到不公而委屈的时候，他依然能够快乐吗？这当中或许还有合理的借口，有人情关系与同事情谊。正是这些东西滋养了愈来愈大的吃人的胃口。

充盈着这样的"温情"，忘记了李东于我是自然不过的了。

回想那时与他的相处，已超出下属与上司的关系，还成了朋友，这在我随后的工作经历中已绝无仅有。我的婚事，是他来操办的，完婚的前一天，他还拎来了两只大暖水瓶。许多事情他不说，内心有对我的期许与爱护，像月光一样柔和明澈。我们的相处不在功利层面，他对我一无所求，只因内心的想法相近，彼此就有了牢靠的感觉。

他接纳了我身上的缺点。我是在同他的交往中逐渐学会了对自己的确认，之前我只是一个关注自己的人，是他让我明白了这样的关注，绝不意味着自我的封闭，还需要对于别人的容纳作为支撑，牵涉到对待他人的态度。

这二十多年里，我干过不同的工作，到过许多地方，也见识了不少的人事，每天都能听到各种的消息，唯独没有关于李东的。

昨天，我陪女儿到政法学院参加专业课初考，李东的儿子在电话里找到我。说他爸爸前天去世了，并说之前，他爸爸要求他一定要把这消息告诉我。

冬夜的花

我在这个冬夜里想起了阿青。

雪花在广阔的黑暗中绽放，使旷野有了微暗的闪亮。唯独在寒冷的时节里开放的雪花，落在我皮肉上犹如芒刺针扎。阿青大约也是在这个时节里离开的，他会走得很远，不知什么时候才能回来。对于他的离开，我未有丝毫的察觉，只是过了许久听人说起来，才感到没了他的踪影。

我在城市的高楼里又晃过了八年，其间早已习惯用冠冕堂皇的话来敷衍自己的人生。虚假的事情做习惯了，也养成了不少的坏毛病。我学到的本领，多为动物本能般地讨生活，谋营生。乖巧曲逢所带来的那点虚浮的名利，常让我暗地里沾沾自喜。我有时甚至不懂得了信任。人情薄味，让我在无意间也将阿青忘得干净。

阿青离开单位被当成了平常的事，随处可见，每天都会发生。谁会对一个普通人的自尊真正给予注意和尊重，谁又会对熟视的平常背后隐匿的是非对错、道义公正，认真深究过。阿青只是不屑于充当自己个人私利的帮凶或帮闲，他内心的承受与不安是可想而知的。

有人在楼上笙簧弦管，有人夜夜都在推杯换盏。阿青的音讯是听不到的，他离开单位先进了一家工厂，两年之后就没了去向。

在我看来阿青只是不会逢迎，不做假。他凭对工作的尊敬，用无声的努力来维护自己的自尊，这不仅不易被人看见，还有可能带来无法想象的凶险。许多像阿青一样毕业分来的大学生，对工作起初还存有几分崇高的浪漫，躲在那些不切实际的大话里着实安生过一阵子，后来便在谋生的层面取舍，选择各自的安生。阿青没有这些想法，他只是尽力去做事情，把自己的愿望，尽量呈现在干事情的具体过程中。他能给予的，也不期待收回，在有些人眼里，这叫涉世不深。

有一年，我俩同去西安附近的山区调查，顺道去了他家，他父亲有肺心病，是为了挣钱供他上学，在煤矿打工吸入了煤尘落下的根，已经失去了劳动能力。他母亲操持着家里的一切，一个妹妹还在念书。家里的情形，我从未听到阿青对谁提起过。有些人平时活得公稳，一旦牵涉到名利，就变得什么都不像了，根性里会源源不断涌现出对别人的憎恨和凶狠，又在外表上表现得和颜悦色。阿青有他的尊严。

我与阿青的错过，也是很久的事了。我们在单位里原本有许多深交的机会，但终因各种各样的原因，没有坐在一起无拘无束交谈过。我知道阿青心里有过这样的期待和信任，后来也因我的粗疏，又都各自忙了要忙的事情。

　　虽说阿青出身乡下，却活得朗净，就像是走在月光下面，心里没有芥蒂，带着乡下人的厚道和本分。我看见他总是行色匆匆的样子，提早赶来上班，忙自己手里的事情。他总是穿着与自己身量不相称的衣服，过腰的长衫掩不住他心里的仓皇和局促。

　　关于阿青的沉默和他最终离去的缘由，对我而言至今仍然是个谜。之后，我也离开了那个单位。今夜，我想到了阿青，看见了冬夜的花在空中散落，不惧怕落在最低微的地方，也不害怕被融化。

　　而我所拥有的感受，我生命的无力与无助，对我已经没有了意义。包括这冬夜里的花。

火车火车

游牧民族是那些不欲迁移者。而他们所以游牧，正因为他们拒绝离开。

——汤因比

西北民族大学位于兰州皋兰山下，沿山而建，离市区不远，一九八三年至一九八六年间，我曾在那里工作。在学校的好处是时间充裕，除了讲课，没有多余的负担，每到夏天的黄昏，全国其他地方来的青年教师就会结伴去登学校背后的皋兰山。

到兰州工作，是我人生第一次离开家人独立生活，那一年我刚二十二岁，时常会有想家的念头，坐在皋兰山顶，看见火车冒着白烟，从东边的西兰线开过来，我便会陷入思乡的情绪中。

兰州火车站是西北高原上铁路网线的中枢。从此向西通向乌鲁木齐，往西南可去青海，朝北是到银川，正东通往西安宝鸡方向。主干线应该是东西走向的西兰线。包兰线与新兰线在兰州与西兰线形成连接交会。

从西安坐火车去兰州有两趟车：144次是西安开往乌鲁木齐的普快，经过兰州，时间需要十八个小时；南京到兰州的168次是直快，大约十六小时。沿途经过的大站依次是：咸阳、宝鸡、天水、武山、陇西、定西，最后一站是夏关营。到了夏关营就离兰州不远了。后来知道夏关营属兰州地面，所以在此设站，是为了在当地驻扎的部队上下需要。

到兰州之后，我才知道一个人在外独立谋生是多么的孤独难受。除了与同事在爬山时看见火车外，我有时候也会跑到火车站，站在铁栅栏外看一看火车，等着西边方向来一列火车在站台上停稳，又朝东边开出之后，我才愿意离开。

这样反复多次去看火车，也没有更多的理由，只是在我心头，会舒坦一些，对家的思念能够变得和缓。

我有几次按捺不住回家的念头，买了车票，在车厢里摇晃一夜，到第二天中午赶回家，晚上再坐144次车回兰州。在家里能待的时间不过五小时。母亲见我回来又惊喜又快慰，之后就怨我做事性急，欠考虑，不断催我早回兰州，以免破坏了学校的规矩。

坐火车与看火车的感受是不相同的。在车厢里我无法确切地辨认车的速度和方向，只是一味地随着车身左右摇晃。

遇上春节前后，人更是拥挤，空气窒息，我希望火车快跑，能早早赶回家。

从高处看火车在西北黄土高原上行使，会觉得它的速度比想象的要缓慢，穿越隧道，绕过沟梁，明显地是在一直坚持着自己的方向。火车在兰州东站经过后，还要进行一次次的并轨，来决定最终停靠在兰州大站的几站台哪股道。并轨过程中的车速更加缓慢。

兰州城处在两山之间的狭长地带，火车从兰州经过必须穿越整个城市，无论是从哪个方向进入兰州，都要沿着城市的南部边沿，进夏关营出西固，或者进西固出夏关营。中国没有哪一个城市与火车的联系会如此紧密，让火车参与了城市的流动，成为城市景观中抹不去的印痕。

二十世纪八十年代，对于我个人来说属于火车的年代。火车向西而行，把我从家乡带入一个陌生的城市，只有它还连带着我的以前。火车就像是一个大人一样，将我放在了兰州，然后每天又从我的门前来来回回经过。它经过的时候，我会跑出来看，同它打招呼，让它知道我的心事。

我在兰州生活了足足有三年，熟悉的地方不多，除了双城门和中央广场附近的书店，最远的去处是经过东方红广场，到甘肃省电视台的后院。到的最多的地方是铁路新村。我想知道同火车有关的一切消息。

有一次，在皋兰山上，天气格外的晴朗，从家乡方向的天边浮起一团白色的云朵，在慢慢向我靠近，它在高原的天空上显得那么的从容舒缓，等到我能够看得清楚时，知道是一列向我开来的火车。在兰州，有好多回，我所见到的火车，都像是从云的泉水之中浮现出来的。或者它们来自于我的灵魂。

从皋兰山上向东望去，笔直的铁轨伸向了无尽的远方。我想到过最终僵卧在铁轨之上的海子，他写过的亚洲的天空。我觉得海子的诗歌和生命，也像铁轨一样那么笔直。此刻，它们都在诗歌和常识之外，在铁轨能够穿越的尽头之外。

在兰州我如饥似渴想要得到与火车有关的消息，让火车的声音交替出现在我的生活中，一有闲暇便坐下来看它从我的身旁经过，想着远方的家，还有母亲、姐姐的挂念。我的信件大约也是火车带来的。收到家里的来信，我的心会平静好一阵子。

我没有写过与火车有关的文字。在兰州时写过一首诗——《看火车的孩子》。那个孩子就是我。火车与火车无关，而是指当时的生活，有节律而又单调，尽管处在移动当中，却并不匆忙，是生活本身的自然呈现。

我在学校的宿舍到了夜晚，能听见火车过往的声音。通常午夜有一趟西去的列车，汽笛的轰鸣声，在静夜里震撼强烈，我一般要等到这列火车过去才打算睡觉。有时候它会晚一些，但仍然声音剧烈。据我的统计：从晚上十点到第二天黎明五点之间，会有三十七趟火车经过，多集中在上半夜，下半夜最多时有过十二趟，一般情况下只有七趟。

我起初对于火车经过的回数计算不清，更不知道该如何辨识它们来去的方向，后来我就在房间里独自倾听，记下它们来去的时间和对它们去向的判断。这样经过一段时间，我已不需在纸上记写了，只要躺在床上，便能知晓。一年之后，我不用挂记火车的事了，它们不再是从我的身旁经过，而是经过了我的身体去往了别处，即使在梦里，我也对火车经过的事情了如指掌。

这中间也有特殊的情形：午夜过后，黄土高原变得出奇的安静，没有谁愿意来打扰它，也不愿走进星空下的睡眠。火车早早地绕开了那片沉睡中的地方。但我的身体依然被火车剧烈的轰响所充盈。接着是第二趟车的经过。第三趟。又一趟和另一趟。等我弄清了其中的缘由，已从梦中被惊醒。

火车有时候还把我的身体变成了一处纯粹的空白，我只是一次又一次等待着它的穿越。

对他的追随

　　一年一年，对他的潜读和缅怀，成为我生活必需的对照和守候。他的精神，像春风一样亲切和缓，平易近人，又刻骨铭心。在浮躁的年代，对他的重温，我何止只是感到了雪澡后的那种透凉渗脾的清醒。我已身不由己，走上了大路，追随，并且在他身后一同前往。

　　默立于他晚年在病榻上所绘的尺牍见方的山水前，我的心变得出奇的安静。每一次读他的画作，都感到像是一位朋友，在同你促膝交谈。到了晚年，他的用笔已经简净得褪尽了任何技术的味道。随心所欲，恬淡天真。墨色也像翠玉般通透。在他那如生命之符般的图式结构里，依然有行进的人和赶路的毛驴。在他的笔墨之中弥散的气息里，我还感到了他的体温，听见了他的呼吸。他晚年的多幅作品，像是冥冥前定的安排，有隐约的孤独和痛苦，是自然的精神，充满着对生命的疑问和敬畏。

每次读他，我都感到了传遍全身的战栗。

远在十年前，我就把自己交付给了他开辟的心路。每年我都要与振川哥相约，去陕北、陇东或陕南的乡村，独自在黑夜的旷野中谛听自己身体里的响动，感受村庄里的人在时间之中谜一般的沉默和寂静，注目于土地向着远方的延伸。

我和振川哥谁都不说。我身体里沉睡和潜藏的东西，被途中所见的具体的劳作，朴素单纯的心和勇敢勤快的人所唤醒。最终令我信服的，不再是那些聒噪的喧嚷，而是忠实的庄稼人与土地接近过程中所呈现的本分和厚道。以此为信仰的文学和绘画筑基立身，也许不足以增添求真的意义，却能充实生命过程的分秒。此生在他的引领下，面对人心陷入的痛苦，还能听见自己内心的咆哮，就已经足矣。

二十世纪中国画史里，绝少有人像他那样，以一个乡间人的立场和态度，视自己身历其境的乡村生活为绘画的终生责任。他不画不劳动者，不画名山大川。在他早期所处的年代，中国画某种程度上讲，仍是智识者与民众之间相互区分的另一种工具。土地和其上终日劳作的人群，长期缺失于画家们的眼睛是不争的史实。乡村历来都是弱者和底层民众的囚禁地，被有些人忽视和略去。但它不乏生存渴望所吁求于人精神的清洁和健康。人在大地上耕作，是自然本身的延伸，是天地间的大美。是具体的、不死的。

二十世纪二十年代初，赵望云先生便开始以一个乡间人和"匿名"的画家身份，像许多农人一样，奔走在通往村庄和田野之间的路上。路途上的感受，让他决然地背弃了他身背后那些于阁楼之上，挥毫操管，戏雕虫小技于股掌间的师古之风气。他把被旧国画长期摈弃隔绝的更为广阔的乡村背景，引入国画创作的新领域；他画风雨中极度疲劳的农民和犁地的马、赶路的毛驴；他画刺伤和疼痛，画苦难留在穷人心灵上的烙印。这些不被传统法度所看好的东西，强烈、饱满、具体、笃实，其活力和生气，让人心旌荡漾，无须"体制"过滤，赋予他的笔墨一种特有的意味和强大的视觉冲击力。对苦难的体验，豢养和锻炼着他的笔墨，构成了他绘画独特完成的叙事意义。见适即收，逐年累积，以臻大观，因而，他的笔墨更强烈、更深刻、更具有广阔的精神含义。

在二十世纪产生的国画大师里，赵望云先生的内心是极其强大的。他的强大，缘于他的谦逊，缘于他内心品格的纯粹，因为他没有凌驾于人之上的优越感，更不愿借对传统画技的炫耀，来显示高出别人的东西。他朴实厚道，具有更大的智慧、懂得一个乡间人的感受和眼光，对中国画革新无比重要的意义。他比同时代的任何画家都要自信和勇敢，不依靠等级、排位，不坐那把分类的"铁"交椅。对自身的塑造不可能在"象牙之塔"中完成，必须另辟蹊径。让自己匿名于大地和人群的深度之中，匿名于旧国画的内部，在它的界限和视野之外，描绘被国画排斥和清洗掉的生气和活力，重新打造一个新人，努力于与人生有关的创作和实干，实现一种新的审美和抒情，这才是赵望云先生所求追的艺术和人生，这才是国画创新真正面对的挑战。

他一生七十一年，有四十二个寒暑是在中国乡村的路途中度过的。从冀南的束鹿、晋县、赵县、临漳、肥乡、广平等地开始，足迹遍及大部分中国。他醉心痴情不顾劳累，忍饥耐渴。在乡间赶路，起早贪黑，遇车乘之，无车徒步；夜宿于小店或老乡家中，常常是啃一点干馍，喝一些凉水，便是一顿餐饭了。随手记下自己的所见和感受，夜里只要有灯火便不停地画。这当中，他的妻子和儿子去世与夭折，他没有能够去看他们一眼。他所走的道路，完全有别于传统的画家；他所建立的图式结构和笔墨价值的趣味，也有别于传统的文人画；他勇敢，像赤子一样，追求自由变化的活力。

赵望云先生一生坎坷，早年于京华艺专和北平艺专有过短期的求学经历，于他埋下了背离传统路子的种子。他坐过国民党的牢。一九五七年后又被打成"右派"，"文革"中身心又备受折磨。所有这些，都丝毫没有动摇他的意志和决心。他是中国画革新运动中具有精神情怀的赤子。他所做的贡献，对于自己的塑造是建立在牺牲精神之上的。义无反顾，没有回头的路。在中国创痛最深的伤口——农村和农民中间，经历创造的炼狱，坚持自己的精神守护，其丰富性和对人的激励，远远胜过在画室里对古法的因袭。

二十世纪中国画的革新进程，面临着两难的二重结构：既是中国的，又是现代的；在方法的变革上有在古法中求新图变的，有向西画借取新法的。所有这些，均是在中国画的内部实施的"流变"。中国画的源头在于中国社会，中国社会的基础是农村。在中国画内部，关于国画革新的论辩，充满了矛盾、无法解答的问题和文化偏见。传统公认的标准并非是对未来变化唯一的解释。任何一种解释的胜出，只是不同而已，并不代表真正的进步。在中国画的体制内对其提出替代性的新的诉求，其实依然是对所拒绝的旧价值的依赖。赵望云先生正是于此刻，"苍头特起"，以对"源"的切身体验，将笔墨的精神价值的内蕴，建立在亲身经历的活生生的素材上，建立在所见与他对过程的敏感中；在他与他人的关系中，在所看见过的事物中，他不是居高临下的探索者，也没有任何的优越感。他以有别于常规的方式体验，以不同的眼光打量，看透所谓"常识"背后的东西，展开新颖独特的体验。于中国画，这是更本质、更可贵的贡献。

有理论家讲，他是国画革新的"酵母"，作用是在不断前进拓展，只要取出一小块，都可以得到很大的发展。

我常想，现当代中国画坛，怕没有谁像他那样是由多支、多向、多层面的脉络探索所构成的文化体量。他的绘画精神，关涉基本人群的痛痒，是对人本的关怀；他的内心品格是天然本色的；他的方法是自由变化的；他的道路是无边广阔的。他绘画的永恒性，在于始终是向下、直接、具体地朝向不断的牺牲，在于过程之中展现出的求真意志。

这个秋天，振川哥决定将他父亲赵望云先生遗作三百多幅捐给中国美术馆。在归集这些作品的时候，振川哥不止一次落泪了，其中的许多幅，是他亲自看着他父亲完成的。这些画作，在他父亲去世后，伴随着他已有三十年。姚贺全嫂子带着这些画去北京之后，有许多天，振川哥都显得有些魂不守舍。见到我，不等说完一句话，眼泪已止不住地流下了。我深知他内心复杂的感情，那些画于他有血肉一般无法割舍的联系。他做出了选择。前去追随。对他的父亲，更重要的是对一个人的追随。

卷贰

水声食味

生活中有些事情，原本同人非常亲近，只是因为种种原因，才变得陌生了。但这并不意味着它们就不存在，过一阵子，我们又同它相遇了，就像久违的老友。

荠　菜

　　每年三月青黄不接时，绿嫩的荠菜生出，母亲定要为我们采挖一些，贴补不足。荠菜的叶呈羽状分开，叶片上有齿形的缺口，长出的花像白色的点子。

　　我家搬到湘子庙街后，隔一条马路，就是南城墙。记得在清明前，我也去城墙上和城河沿的环城林，帮母亲挖荠菜。提一只篮子，拿上一把小铲，在渐渐温润的风和刚刚醒来的树林寻找。有时候，还能采摘些野蘑菇。灰条和艾草此时还是干枯的，只在接近虚土的地方，才显露出一些湿气，让人觉得，生命仍然在其间存活着。

　　整整一个冬天，城墙和环城林绝少有人涉足。三九天河面也被冰封住，在上面向远处扔一块城砖，比想象的滑得还要远。植物在渐次积厚的雪被下熟睡了一个冬天，大约到了惊蛰以后，潜伏不食的毛虫不知从什么地方跑出来了。荠菜比其他植物对春天的感受更灵敏，拨开一丛枯槁，它们已经在虚土上起身了。

通常阳面的荠菜长得肥壮，用手可以把它们连根拔起，细长的根须沾满零散的碎土末，贴近鼻子闻，有泥土特殊的香甜味儿。阴坡面的荠菜多趴在地面上长，颜色更绿一些，叶片瘦而长，若是清早或黄昏时起满一筐，它们每一棵叶面上都还蒙着一层灰白的雾霜，嘴里含上这样的叶瓣，除了荠菜本身的味道之外，那些霜尘慢慢化开的情形，似乎也能明确感觉到。

要是这时候来一场春雨，荠菜长得会更加嫩绿，城墙和环城林里，也会凭添些生机。沿着河岸往林子深处走，幽幽的地气，不断朝上蹿腾，林子里的气息此时也有所不同。土地和树木，一年里似乎只在这时候，才将独自拥有的那种鲜活的味道散发出来。它们在空中飘动着，散漫在林子和河面上，丝丝的气息渗透到我的神经里，让我还能感觉到身体里那些沉睡和潜藏的东西，正在被慢慢唤醒。被冻皲裂的双手，此时，也恢复起弹性，变得红润起来。一旦等到天热，所有的一切便逃得无影无踪，荠菜也会开出白色的花粒，星星点点，没有香气。

母亲通常把荠菜洗净，放进清水中再浸泡一阵子，然后，捞出置于面盆中，撒上面粉，掺和一些苞谷面，用一只手拌匀，放在蒸笼里，十五分钟后便做成了荠菜麦饭。我和姐姐将蒜皮剥去，捣碎，母亲在蒜末表层撒一些盐，添上辣椒面，将一勺烧热的油泼上，调在碗中的麦饭里，这样，往往能吃出一头汗来。有时母亲也在上面浇一些红烧肉的汤汁，夹上几块肥瘦相间的大肉块，吃起来肉的味道过浓，不及素吃着清淡。

荠菜在热锅里过水后，晾干水分，直接放在嘴里咀嚼，有少许的腥涩味，剩在锅里的汤，是清绿色的，喝了能解毒生津。我们家做凉拌荠菜时，母亲只在其中放少许盐，滴几滴香油，调些许陈醋。这是荠菜最正宗的做法，保持着原汁原味，汤水往往也被我大哥喝得干干净净。

清明前吃一顿荠菜饺子，是我过了旧历年后就一直热切盼望的。想一想荠菜拌上老豆腐，放上炒熟剁碎的鸡蛋，实在是件大美的事儿。我为此常跑到城墙和环城林里看荠菜起身了没有，然后把所见的情况告诉母亲。母亲会提早备好所需要的面粉，再去北院门老马家杂货铺子，购回上好的辣椒和调料，只待荠菜芽子冒出来，我们就最先尝到了新鲜。这一年余下的日子里，我便再没有什么牵挂了。

荠菜生出来的时候，多数菜店的货架上，由于节气的原因，往往是空荡的。我也不明白为什么菜店当时不卖这种菜。前几年，一位朋友送我一袋子生在大棚里的荠菜，样子比野生的入眼。据说如今的超市里，摆放上了大棚荠菜，西安众多馆子里的荠菜饺子，就是由郊外的大棚，源源不断地供给着。

荠菜在我看来已属旧菜，也多年未见。想起来，会自然联系到从前的生活。对于我家来讲，它还是一种救急的菜，缺了，我们的汤锅里就连绿影都看不见了。在城墙上和环城林里挖荠菜，也像是我们随后的人生经历，尽管简单平凡，但回想起来，总觉得有一种温润的气息。

菘

　　我直到前不久，才知道"菘"就是自己现在日常生活里已经离不开的大白菜，这其中的愚孤是自然的，多与我所受的中学教育有涉。我们这一代人在"文革"中接受的各类东西，几乎完全与中国传统文化脱离了干系。

　　春韭秋菘，作为文字的提举，规约出的是在生活态度上的精致细腻，涵咏了对细碎微小的差异本身的敏感和关注。而我的内心生活，一直都是在紧张压抑的状态中度过的，有一段时间大白菜在一日三餐中，从未离缺过，却少有"菘"所能带来的诗意。或许是白菜在自己的生活中太常见了，以至于没有闲暇，安静下来对它留意。还有就是自己生活境遇的所限，没有能力改变盘中的食物构成。

　　我对于大白菜却不曾厌倦过。这种温朴的食物天然具有的淡素，成为我习惯的一种伴随，即便现在生活好起来了，用大白菜的嫩心，切成细丝凉拌，仍然是我的喜好。

我没有多想过白菜作为菜本身之外的东西，只是在晚近读了《南齐书》，才晓得它还有一个别样的称呼。菘在我看来，几近于诗。

　　西安的气候，最适合白菜的种植。我小时候，出西安南城门玩耍，见到农人对白菜的种植十分的精细：青苗时节浇水，成长过程中扬肥，结包后再用草绳系拢围实，待到秋后用马车送进城，大街小巷里，满都能闻到白菜甘润的气息。

　　这气息一直在我血液中流淌着，它是困难时期的生活给我生命注入的底色，正是依靠着这种若隐若现的东西的扶助，我才有了从艰难中走过来的力气。大白菜在今天再平常不过了，它曾经在我生命的根结上给予过我的存活以维系，不显得特别的珍奇，也让人说不出好在哪里。但它让我觉察到了一切好的依据。

　　有些食物，只在一时一刻里显出功效，白菜素朴温穆的意味，耐得住时间，也经得起长久的受用。食用它并不涉及特殊的禁忌和要求，这种食物在更长久的范围里为生命补充了自由。它让生活里的日常，按照其所是的样子，不断延伸，成为每个普通人都觉得能够靠得住的东西。

　　现在在北方，冬储大白菜的情形已经看不见了，而在当年，为家里购买冬储白菜的经历就像是节日。因为白菜，我的夜晚和白天直接联结在了一起，前一晚得知南院门菜店运来了一车上好的白菜，便早早睡去，第二天能够早起，排上队，为家里冬季的过活做好准备。有了冬储的白菜，一冬天的生活也就有了安稳。

那时候，为什么人们拿白菜、萝卜这样的蔬菜储备过冬呢。这其中的原因，可以找出许多，但都无法令我信服。我觉得白菜在那个时候，成了天地自然对中国北方生存的普通大众的护佑。这或许是"神"的谕旨，我无法说清，但我对此深信不疑。

今天生活的变化像是在飞，许多东西还未与我们谋面，就已经被舍弃。这个时代创造了各种神话和奇迹，作为一个普通人，在其中应该清楚自己安身立命的本分。白菜有时在生活的嘈杂里，给予我实在的应对自己命运的滋养。我根本就不相信自己生命中会有什么奇迹发生。一夜之间会使人如何的说辞，对我也不会有作用。我自己是在平凡中生活的，平凡细小的事物，就足以给我带来感动，就像白菜这样普通的东西，曾经是我童年冬夜里的希望一样。

过去人们获得认知是通过信任；现在则相反，要依靠怀疑。我既不是怀疑者，也不属于保守念旧的人，只是不愿将自己生活里原本没有的东西，强加到生活里，也不肯将自己未曾感受到的东西，虚化添加进感受中。生活中的理想者，有时距恐怖仅一步之遥。许多虚假的幻想，被他们散布成蛊惑人心的东西。

白菜经得起怀疑。你可以无限地对它进行剥离，但无法拆解它固有的东西；也可以对它进行无限的想象，但都无法加入它的核心和内里。它的构成作用和功效，在时间里既不增加，又不减损，只达致对于恒常的维系。它只是它的本身，绝不充当自身之外的角色，像它自身一样确定无疑。

即使在现在，我对于白菜的偏好，也不是出于养生目的调剂，并不是由于油腻的东西吃多了，拿它换换口味。我不是一个素食者，白菜这样的菜食与我生活的联系，更多是在生存的基本层面。知道它还有一个极富诗意的名字，也不能够与自己对它的记忆放在一起。说到"菘"，我会想起童年时坐在西安城头看绿油油的白菜，在太阳下成长的情景。这时候，我也会拒绝承认，"菘"就是大白菜的说法。

烤红薯

生活中有些事情，原本同人非常亲近，只是因为种种原因，才变得陌生了。但这并不意味着它们就不存在，过一阵子，我们又同它相遇了，就像久违的老友。

是在今年的初冬，我对以前一直被当作主食来吃的红薯，又喜欢了起来。红薯不像米面，一日不可缺，生活慢慢好了以后，它却与我淡远了。有很多年，我竟然没有觉察到它的离开。

西安背街小巷的拐角处，多数都有卖烤红薯的，低矮平板的小推车上，置放着用废汽油桶做的烤炉。这种炉子做的合理适用，分上下两层，用麻刀掺和耐火土在铁皮周围砌出炉膛，中间留出炭火的空间，火塘朝上的通道小，上面空出一个平台，这样炉子上一半就可用来烤焙红薯。做烤红薯，放在这样的大铁炉子里，红薯是不见明火的。

我现在每天上班经过的劳动路天桥下面，就有一个烤红薯的摊子，从旁边经过，很少对它注意。有时候，为了躲避过往的行人，会在面前多停留一会儿，随后就又忙着去赶自己的营生了。但烤红薯焦香的味道，我分明是闻到了，它有时候在劳动路上传得很远，西稍门十字都会有香气。

对于红薯的记忆，多集中在参加工作前的那段时间。自己独立生活之后，也像是被投进另一个陌生的境地，生活的节奏加快，让人无暇顾及从前的许多东西，这其中又不得不面对许多未曾遇过的问题。就这样，我与红薯离得更远了。

想起吃红薯也已是多年前的事情了，因为粮食定量供应，多一半是杂粮，并且红薯居多，每天自然就离不开。那样的生活持续了很长时间。红薯毕竟不及米面，也无法与更好的食物相比较，只是不得已的选择，否则的话就要挨饿。但陕西当地产的一种红皮红薯非常甘甜，像栗子，久吃不会生厌。另一个品种皮儿泛黄，水气大，吃着稀松，让人无法喜欢。

坦率讲，我对红薯的兴趣不大。我的胃因少年时食了过量的红薯，落下了作酸的毛病，因而还有些后怕。红薯只是红薯，永不可能变成桌上的佳肴珍馐。

我在一本书里看到，沈从文先生写《中国服饰史》的时候，一大早要去故宫，因为去得早，要在午门停留一会儿。有时候也同看门的人聊天。北京的冬天寒冷，沈从文先生通常用双手捂住一只烤红薯，一方面为了取暖，另一方面又能充饥。冬暖是靠红薯来传递的，一点也不夸张和过分，反倒使人觉得了从容。这个故事在冬天里也温暖过我，也让我在困难的时候记起过红薯。

卖红薯的人多因生活所迫。烤红薯投资少，成本低，又方便，一天下来可以维持住温饱。红薯所能给予人的，非常有限，不可能让卖者和买者，大富大贵。它在温饱和生命的底线以下，才将作用显现出来，也不会叫人觉得有什么惊奇。

在古人的食单食谱里，是没有红薯的。烤红薯的做法又非常简单，不用加任何佐料，只需将红薯洗干净。有人讲胃也是有记忆的。这个冬夜里，我的胃又记起了红薯，还分明感到了自己永远只属于食红薯和烤红薯的那个劳动的阶级。

胃的记忆

我对兰州的记忆是靠胃来保留的。今生去过的城市不能算少，所得的印象也各不相同，而这其中，兰州却是最为特殊的。我对于它的气息和味道的获知，与它之间形成的关联，多数都离不开胃。浮现在眼前的关于兰州的踪迹，在我首先也是胃的反应。常常是胃诱发我又重回到兰州冬日清冷的街头，让我对于能够给予身体热度的物质有了向往。

将近三十年前，我初到兰州工作，在街市上逛，发现多数饭铺清早买的多是清一色的牛肉拉面，人们吸吸溜溜地吃着，一派热闹景象。我起先对于这样的饮食习惯不以为然，之后也就不觉得奇怪，以致最后自己每天早上也离不开了。

与南方相比，北方的早餐在花样上不能算多，在我们老家西安，则是油条、大饼、稀饭等固定不变。稍好一些的情况下，会有羊杂、胡辣汤、甑糕，也要看是在西安的什么地方。我以为，兰州所以会拿牛肉拉面当早餐，想必自有原因。

后来读王学泰先生的《中国饮食文化史》，知道从肉食向粒食的过渡，也集中于西北和中原地区。西北的食物构成，现在还是以肉食和粒食为主，蔬菜只是在近三十年的时间里，逐渐在平常人家饭桌上不断新增添的东西。牛肉面大约算是这方面的典型例证吧，保留着肉食与粒食两者结合的痕迹。

牛肉拉面看似是两种不同构成元素的简单组合，实则暗含着妙应。这种食物放在兰州之外的地方，味道就变了，不及在兰州那么好吃，可能是由于水土的原因。在兰州并非家家的牛肉面都味道纯正。我曾在中央广场附近一家馆子吃过一次牛肉面，之后，兰州其他地方的牛肉面馆就再也没有进去过。只可惜当时没有记住那家馆子的名字。

牛肉面不仅仅用来作早餐，还被当作午餐和晚餐。在兰州，正宗的牛肉面馆是不经营别的东西的，除了附带的茶叶蛋外，不会因为早中晚的变化进行调整。从中也可见西北人性格的直愣。

我对牛肉面的偏爱，也只能算是个人的喜好。那时候一个人孤身在兰州，除了在学校的食堂解决吃饭问题外，觉得牛肉面更适合我的胃口。年轻的时候，做事情风风火火，人的性子也毛糙，牛肉面非常便捷，忽忽填饱肚子，快快了事，好像还有要忙的事情。这之中便形成了依靠，觉得只有牛肉面可以撑得住胃的饥渴。再有就是渐次形成的默契，使我对这样的食物多了一层寄托，这些也像我当时的生活一样平常，不觉中与一些事物离得更近，与另一些更加远了。

兰州另有一种小吃，叫"甜坯子"，是用麦芽发酵做成的，汤汁白似乳色，味道与西安的稠酒极相近，是夏天里消暑解渴的佳品。从我住的地方走，经过双城门十字到甘肃省京剧团大门口的老榆树下就有一家，摆的是摊子。这种食物，只在夏天的午后才拿出来卖。我在兰州的冬天里留意过，从来没有见过它的影儿。

还有灰豆汤，也非常好。但我至今也没弄明白，灰豆是不是我们陕西叫的红豆。显然灰豆的颗粒更大一些，煮烂后味道沙香沙香的。

我自己想当然地认为：对于兰州的记忆，是经过胃的消化，进入了我的血液，最终成为我身体的一个部分。经由胃所保留的东西，对我个人显得更加牢靠。我的拥有，却又无法看见，这一切，想起来就觉着十分美好。它们都被好好保留在了胃里。

残酷的吃

　　中国文化也可以被看作是尚食的文化。吃贯通于古今，统摄纲目。早年孙中山先生以为国家虚弱，拿不出什么可资在人前炫耀的，食文化断可在世界上光大。文人们觉得了生活的混乱，唯音乐和碗中的菜肴，尚有与人生同构的静幽意味，相融而相济。

　　文化是个大而无当的东西，在其中证实证伪，皆会有所得，广泛又宽博。明眼者绝不在文化光滑的表皮上较劲，只在隐显露蔽之间体会真谛。将残酷当作娱乐，不是文化的新发现，人身体之中潜藏的天性与好奇，无形中使不少人都成为喜好残忍血腥的看客。

　　鲁迅先生索性将中国的文明看作是安排给阔人享用的人肉筵宴。中国者只是筵宴的厨房。自从有文明以来，人们便在其中吃人，被吃。

　　读鲁迅先生的《灯下漫笔》，最后的结论可落脚在吃人和被吃之上。倘若文化也能被当作酒池肉林，在其间谋食，享乐的只能是食客，被食者多成了刀下鬼，案板上的肉。文化吃人或惯性吃人，远比赤裸裸的人吃人更加隐蔽而不易察觉。吃人者不以为是在吃人，被吃者没痛痒，也没有拿着热馒头蘸人血的血淋，所以更残暴，危害更大。

用文化吃人或杀人，绝不是中国历史的独有特色。世界列强发动战争，不会说目的是为了杀人或吃人。伊拉克战争是为了反恐和人类的普世价值，盛名之下，无数的人头已经落了地。

夫礼之初，始诸饮食。从饮食的行为当中规约出礼义廉耻，等级尊卑，进而形成微观的权力效应在人群之中的广泛运作，最终达成统治所需的平衡，其根源概因人与动物都共同拥有的吃的原始本能。对人的统治便也由此而生，并且伴随着人的历史全程。西方的历史中，也有通过调节人的饮食和起居，进而塑造在权力面前完全驯顺的肉体的思想和经验。对兽的驯养与对人的统治，道理完全相同，支撑点只是在一个吃上。从吃开始，再回到吃上，就不难理解世界上的事情。

既能非常残酷地吃着，又还心安理得，在我们的眼里已经见怪不怪，司空见惯了。把身体贬低为肉体，人就同动物没有差别了，更谈不上伦理。

在饮食的历史中，实际人吃人的惨状并不只存在于远古的蛮荒时代，也不一以文明的进步就自然地消亡了。婴儿的身体和胎衣，都被拿来用作治病养生的灵药。饥饿是最好的调味，欲望是不灭的烈火。到如今除了板凳腿未见入口的记载之外，怕是能见到和能想到的东西，都被人通吃过了。

对人尚且能下口，其他便自不待言了。据说从前在江南调羹，有将活鱼倒悬在滚沸的汤锅上，倾尽其口腹的津液炖汤，鲜淡味至，鱼则弃之不食。一碗汤需耗活鱼百尾，并且鱼的挣扎愈痛苦激烈，汤的味道便愈发出奇地好喝。

残忍出美味。著名的"卢香馆烹驴"，《青稗类钞》中有记载：以草驴一头，豢之极肥，先醉以酒，满身拍打。欲割其肉，先钉四桩，将足捆缚，而以木一根横于背，系其头尾，使不得动。初以为百滚汤沃其身，将毛刮尽，再以快刀碎割，饮食前后腿或肚，或背脊，或头尾肉，各随客便。当客下箸时，其驴尚未死绝也。

残酷也能增加食欲。食猴脑时，哀猴的嘶喊益于增加食欲。于是先要拿刀剃毛，铁锥破头骨，热汤灌顶，才有入首探脑之说。在猴的哀声中，食客只能吃一两勺而以，感觉不到尽兴。这是残忍在作祟。

残酷其实是人身体固有和渴望的东西，属于内化于身体之中更为飘忽不定的领域。吃在生命的源头展现这一暗藏的秘密，告诉我们每个人所拥有的身体，原本就是一部欲望生产的机器，远比我们的想象还要复杂很多。在吃的本能之中，人们排斥的东西，恰恰是人们更加想要得到的东西。关于残酷的吃法，不乏能人仍在按图索骥，陶乐于血淋淋的满足里。

　　口腹之欲对于残酷的需要也是必然的需要，它处于维持生命的食物需要之外，清晰明白地在吃的行为之中被赋予了血的颜色。残酷性不是无意为之的。它也不是酷刑，断头的场面，而是对支配和制造痛苦意识的顺从。残酷的本质是对残酷的沉默。这种沉默比时间的暗夜显得还要漫长。对人而言这还是双倍的残酷：明知其有却麻木不仁，无能为力，不敢反抗；反而泡在其中，自娱自乐，导致新的无际的残酷不断产生。

　　口齿淹没、吞噬、撕咬，咀嚼。让这个世界下沉、坠落，在胃里汇合。张开的大口，某些时候就像是通向另一个世界的窗口和现实世界的镜子，被它印照的东西，被它展示的东西，多么的微不足道。这一切，或许我们已经看见，但仍无法全部说出，唯有诱惑挑逗等等的机制才能将它洞穿。

水声食味

　　南北菜系，排到四大、八大之后，始见秦菜，是件无奈的事情。北方的珍馐玉馔，是以齐鲁为代表的，秦地则退而取其次，处在边缘，属可有可无类。著名的老饕朱家溍、赵珩诸先生，谈及美食，字里行间对京华名楼里的鲁菜，总是情有独钟，津津乐道，说起长安的佳肴，也只是顺道提及能记住的稠酒、泡馍之类的小吃，不可入室登堂。

　　多年前去丽江，看宣科组筹的纳西古乐，也有同感，其中一曲《山坡羊》，调子缓慢得不可理喻，却是正宗的唐长安古调，被堂皇地植入了异地，也让人心里不是滋味。

　　三秦之地"邪"，凡事不可声张，只能意会。三十年前，"张三梆梆肉"在西安还响名当当，老铺位于南院门以西甜水井巷的十字路北，每日售量有限，用墨釉的大老瓷坛盛着，是一味佐酒的美餐。"梆梆肉"就是猪大肠，我小时候食张三家的这款名菜，除了炭火熏炙的余味外，不觉有特异，倒是以中药与猪肠煎煨的"葫芦头"，在长安历久不衰。张家的"梆梆肉"如今已鲜有人知了。

秦菜实在不敢拿出来与人夸耀。西安饭庄的"葫芦鸡""驼蹄羹"，虽馨香脆美，清新细腻，在讲究的满汉全席面前，就显得势单力薄。近年，长安的庖厨业不断推出"汉宫遗味""盛唐御膳"，想法倒不错，但多流俗成了"耳餐""目宴"，终靠不上食中性味的大谱。推陈出新，有时也不免削足适履，在菜名的学问与刀砧外形的精致上，功夫和心思用足了，丢了"适口者珍""食无定味"的真经，也是常有的事儿。

在长安，我曾尝过按出土一千多年前青铜器置盛的玄酒秘方酿制的"老酒"，虽价格不菲，又占着渊源上的优势，也无法品出古往的滋味。

长安的饮食，在大处上虽着不上边际，也确有独异的构成和辉耀。历史上曾有皇帝喜好"胡食"，一时间京师贵戚穿胡服，用胡式器具，吃胡人饮食，便蔚然成风。

按照袁枚的观点，像"羌煮貊炙"这种胡食美味，今人怕是不可以照单拿下。食中别味，随时移事异，不可强求，妙无可言。据说"羊肉泡"，也是胡饭，得益于秦地盛产的牛羊肉和丝路上传过来的"胡饼"之间的妙应。仅这一点细碎的事，足见长安食文化的不凡。

味蕾中的学问博大精深。老子说"治大国若烹小鲜"。

袁枚甚至在《随园食单》的起首，便讲到了"先知后行"的食之精要。于厨技烹艺的细处，见治国安邦，修身为学的大理，是一种大透脱。智慧之人，深谙"会通"之术，事无大小，理非长短，无碍才得入"空"境，且不乏活脱。如此看来，"君子远庖厨"，视脍刀之法为小技者的见识，就有些狭促了。

食风的奢靡，早已司空见惯，但食中的真味清气，不会因此增减多少。二十世纪六七十年代，长安城人家的厨事中馈，已简单得可怜，人们囫囵着吃饭，在有限的供应中，百分之七十的主食均为玉米、红薯等杂粮。

我的胃肠不好，源于那时候吃了过量的红薯，现在见了胃仍会发酸。粗玉米粥，却不曾厌烦过，每每喝来，浑身经络似乎都觉着通透，辅以自家腌制的雪里蕻，调足辣椒，吃起来，自有食味别声的意韵，倒不觉着日子的苦焦和艰难。

我们家人丁足，熬粗玉米粥通常用老大的一口铁锅，由我二姐前一夜用清水洗净再浸上，第二天早上去学校前放在炉灶上，以封着的文火煨着。学校离我家极近，课间操时，我二姐跑回来，将炉门打开一道细缝，往锅里放一勺碱，搅匀，等到放学，正好开锅，再敞开炉门，让武火猛滚一阵，出来的粥，见汤见米，甚是好喝，有十足的清气和正味，只是现在没有这样的口福了。

长安城中人是不懂得食鱼的，只是到了二十世纪七十年代末期，店铺里有了青岛冻带鱼，人们才知道了鱼的味美，而在此之前，沟汊河道中的虾蟹鱼龟，都成了客居的南方人的盘中餐。我的一位同学，上海人，父亲是"东亚饭店"的炉头。他家人食螃蟹的方法，极其细致讲究，有一整套的专用器具，钩、叉、刀、勺，都是极细的铜制品，串在钥匙链上以备用。还有一种特制的小锤、小钳，不轻易示人，只在食蟹钳和蟹腿时，才拿出来，用后又放在一只木盒子里。剩余的蟹壳，也不弃掉，而是用蒲叶包着，另有他用。

我是个急性子人，参加工作后去江浙出过一趟差，正值菊黄蟹肥时，主人曾招待我食过一次大闸蟹。有小时候见识过的经历，我尽量将吃蟹的过程拖长些，细致认真。然而，我却不及南方人有耐性，无法将蟹吃得干净，还弄得满嘴鲜血直流，只好捂住，早早离开。

赤油重酱，珍禽玉食，在今人的眼中是好东西，食中之水似乎是不足挂齿的，又无色无味。偶翻古人所述的食单、食谱、小养，对水在食物中的特殊功用，不仅重视，而且极其讲究。人可以一日无谷，不可以一日无水。在此类论及饮食的文字里，水论独成一章，并置于起首。

雨水性甘凉，可以滋养人体生理上属阳中之阴的部分，量轻味淡，烹茶可除胸肺之热，熬粥也不会稠。元明时期的贾铭先生，活过了百岁，朱元璋曾向他询问颐养和长寿之道，他讲过：立春这天的雨水其性始是春升生发之气，妇人饮了，易得孕。入梅的雨水有毒，喝了会生病，用来做酱，易熟，忌讳做酒做醋，用来擦洗衣服，可使酶斑脱掉。立冬后十天被称为入液，到小雪时就是出液。这期间的雨水被称作"液雨水"，百虫喝了会藏匿起来，适宜作杀虫药饵。腊月的雪水不易变质，用它浸泡五谷不生虫蛀，洒在宴席桌上，苍蝇就自动不会来叮爬。屋漏水有毒，误食会生肿块。冰雹水味咸性冷，若酱味不正，放几滴能恢复原味。水的气味，随着一年的节气变化而改变，这是天地气候互相感应而形成的。寒露、冬至、小寒、大寒四个节气这一天的水，适宜浸造滋补身体的丹药、丸药及药酒。

清代的王士雄先生，对露水有精深的研究，在《随息居饮食谱》中写道：水稻头上的露水能养胃生津；菖蒲叶上的露水可清心明目；韭叶之露，凉血止噎；荷露，消暑怡神；菊露，养血息风。

水是饮食的基本构成。水好食才有味。没有水在味蕾里的运化作用，再珍贵的食料，再聪明的庖厨，也无法烹制出真味。水还是食中的元素。元素便意味着不可或缺。

今年初秋，我进秦岭，在南麓的广货街上的一家馆子里吃饭，其中的油煎小河虾，翠亮如玉，味道鲜美，不可言喻，做法又极其简单，只在过油后，调些许椒盐。循着山涧的泉溪，但见这家馆子的屋后，溪水清可见底，鱼虾自在游翔，让我品尝感受了食味中的水声。想必世间真味，便与这山溪的水声有关了吧。

一九六八年的面汤

　　一九六八年，我家住在西安城南的小湘子庙街二十八号院。那是一座非常高大的宅院，由清朝末年在西安经商的江西人修建，取名为"江西会馆"，供来陕的江西人歇住。从城墙上看，"江西会馆"是周围最高最大的院子，被院中伸长出的老树的枝叶覆盖着，在阳光的照射里，浓叶中露出的屋瓦灰亮灰亮的。我家就住在前院的三间东厦房里，倘倘亮亮。后院同前院大致相同，也是一座四合的围院，由厅房中间的过廊将前后联结在一起。

　　我就出生在那里，在通顶的木格窗和四扇雕花木门后面长到七岁，大约是一九六八年夏季刚过，我便背上书包上学了。上学的路从我家院子大门出去朝东，中间经过一家面铺，铁炉、面案摆放在街面上，铺子里放着饭桌，供人就餐。那家饭馆对我来说，是上学的路上最吸引我的地方：红红的炉火，温暖的炉膛，还有大师傅身上雪白的衣服。有时候，大师傅会在剃得精光的头上顶一块湿布，放上揉好的面团，利索地挥舞起双手紧握的刀片，使一条条细薄的面条在空中划过一道弧线，溅落在滚烫的铁锅里。我们家那会儿靠父亲的工资养活六口人的生活，母亲是家庭妇女，在家操持家务，哥哥、姐姐和我都在上学。虽说父亲的工资当时并不算低，但老家亲戚三天两头来要钱，农村的乡党不时地来西安看病，吃住全在我家，因此，我们的生活当时没有任何宽余。我知道母亲拿不出钱来让我吃上一碗面，我的梦想只是有朝一日能一边吃着放在书包里冷硬的苞谷面发糕，一边一碗一碗大口喝着那家饭馆的面汤。

有一阵子，我内心的这种想法让我如痴如醉。当我一步一步靠近那家饭馆时，我竟会情不自禁地闭上眼睛。我知道我想要的汤，一碗一碗任意地摆放在桌案上，我的眼睫和鼻尖已经能感觉到它们湿润的潮气；我能够闻到空气中暗含着的面汤散发出的气息，它们像春风一样，那么随和，一时间就荡漾在我的胸怀里。我口中渐渐地泛起的甘甜甘甜的香味儿，足以让我在课堂上回想整整一个上午。

期终考试成绩下来后，我挨了母亲的耳光，从家里逃出来，清冷的街道上只有那家饭馆炉膛蹿出的火苗，能够给我带来安慰。我走到炉子跟前，看着叫我欣喜的一切，站累了，就蹲在炉子旁边。天已经很晚，饭馆就要打烊，跑堂的老人看见我，嘿嘿一笑，顺手从锅里舀出一碗面汤递给我。

我先是猛喝一通，然后面对剩下的半碗面汤愣神。那是半碗绿中泛黄的清汤，里边有过水的菠菜留下的味道，有碱的味道和麦子的味道，但它们都是极淡极淡的，淡得喝不出味来，只是喝下后口中存留的回味。那汤是清亮的，不是用面粉调拌成的那种，而是将麦子的精气神全然留住却又绝少见到麦粉的那种，就像自然让世界上最伟大的事物都蕴藏在泥土、水、空气这些平凡的物质中间一样。

　　在我的故乡，长期以来，拉架子车的出力人以面汤解渴、充饥。这种极普通、极普通的汤，滋养了那些整日奔跑在路途上的下苦人，它淡淡的意味，给了人身体持久的耐性和韧劲，以及水分和能量。我相信世上的东西，本无所谓高贵或低贱，无所谓大和小。一碗面汤，在今天看似无足轻重，却让我记得生命中曾经有过的一段时光。

白　菜

每年冬至过后，为故去的老人们送上过冬的衣裳，西安的天气就转凉了。在我们住的那条巷子里，我妈是第一个为冬储白菜而开始动手忙活的人。冬天里，我们那里有四件宝：大葱、萝卜、白菜、红苕，一个都不能少。

在这时，我家去年用过的麦秸草帘已被洗干净，放置在院当中晾晒了。我妈通常还要把盛白菜的大柳条筐多涮洗几遍，等上面的湿气散尽，取出早已备好的柳条，坐在房门前，把去年筐子破损的地方，用新柳条编补好，扎牢实。

我妈是个心中有数的人。她在夏天里已看好需用的柳条，折下带回来，放在我家屋外的窗台上，等着到时候派上用场。窗外的房檐下砖头垒起的台子，也被扫得一尘不染。房檐木椽子上的钓钩和挂绳，我妈已经试过好多遍，觉得非常牢靠，才放心去做别的。

收拾毕所有的活计，大约还要等上几天，西安冬储白菜的供应才会开始。这当中，看不出我妈有着急等待的丝毫痕迹，而我心里，只盼时间快些过去，早早能为家里抱回来一棵棵瓷实的大白菜，此后的整个冬季里，才不会有什么担忧。

菜店通往我家的路，已跑过好多趟了，我会把所见的情况，一一告诉我妈。我妈总是那句话：心急吃不上热蒸馍。

我家对冬储白菜，经管得甚是精细，连一片烂叶子也不会丢弃。有一年，白菜定量供给，别人家在旧历年刚过不久就断顿了，而我们还余下三棵，又大又实，非常怡人，舍不得吃。我妈每天将它们从房里抱出抱进，生怕冻着了，说是好生地放着，等乡下的老舅来带回去一棵。

我家的冬储白菜主要有两种：

北郊草滩凹地里生长的，片叶收拢得松散，颜色泛绿，围叶大而粗壮，植物纤维多，价格便宜。我妈把这些白菜的围叶折下，洗干净，放在一个大瓷缸里，一层一层撒上盐，给上面压一块大石头，过不了多久，就腌成了满满一缸的酸白菜；剥脱出的净菜，则放进柳筐里，拿草帘子盖好。

白鹿原旱地生长的白菜，出落得结实，扇叶白嫩绵软，还闻得出一股清润的气息，也长得瓷实，顶头上可经得住一个小孩的站立，但价格相对贵。旧历年吃火锅，铺在豆腐底下的那一层，便是它芯子里的精叶儿。我妈妈对这种白菜看得更重，用秸秆在它身围上拢一道，放在筐里，盖上草帘，吊挂在房檐上，隔几天取下来看一看。

大白菜的存放，既不能捂着，不能晾着；也不敢见冷，也不能太热。白菜捂热了，心上生黑；冷着了，表层的围叶会蔫软，就吃不得了。我妈每年定要把那些白菜，拾掇得干干净净，让它们的表面不仅没有一丝灰尘，连它们身上那种鲜气和嫩劲，以及弥散在白菜周围淡淡潮润的气息，到后来都完完整整存留着。

我妈把那些白菜，当成了她的另一群儿子经管。有一次，我半夜里醒来，看见她仍在收拾忙活，二十多棵白天刚买回的白菜，已经大不一样，白白胖胖的，并排摆在我家的房子当中，没有一点碎杂的叶帮子，连贴地根子上的泥土，也被擦得光光亮亮。我知道，我妈又在那些个白菜上劳费了许多心劲。在生活里，凡遇上的事情，她总是一样用心认真。

为买白菜，我被南大街上的俩兄弟狠揍过一顿，他们抢夺我怀里搂抱的那棵大白菜，照着我脑门头顶砸拳，但他们终没法夺走我紧抱不放的东西。我把白菜当成我的性命。

晚上回到家，摸着满头的疙瘩，看着被我保护过的瓷实的白菜在我家灯泡的映照下，泛出好看的亮泽来，我还感到了我们家未来生活的希望。

食无定味

肴馔之美，不可言喻。这大致是说其中的性味已超乎了言所能及的范围。味也因时因地因人而异，没有划一的标准。老饕谈食，听者只能当是一家之言，权且视作"耳餐"，不可效尤。味的美妙，其实是没有本质的。它的核心已被泛空虚化。或者说只有具体的食物在味蕾运化之中的美，之外都是靠不住的。饮食也如同表演戏剧，同样的脚本与舞台，每演一次都会不同，都不是在重复。兴致趣味隐匿于重复与创造的悖逆之中。这是食的另一妙趣。

中国古代的饮馔，士绅文人与市井乡俚是不会雷同的。宫廷内府更为相异。《红楼梦》贾府的夜宴，与暴发户西门庆家的酒席，不可同日而语。梁实秋先生写《豆腐》，看见北方的劳苦人民，辛劳一天，然后拿着一块锅盔，端着一黑皮大碗的冻豆腐粉丝熬白菜，稀里呼噜地吃。这是在自食其力，很快乐。同别人也是不一样的。

明清时候的饮食料理，就精细讲究的程度，放在今天也无可挑剔。同时，治庖的行当里，有了吴帮、徽帮、京帮、杭帮、淮扬帮等名目，但都守着大规矩，不拿本地以外的东西说事。京帮有京帮的喜好，吴帮有吴帮的手艺，绝不争谁在谁之上。

我自己的饮食，长久以来只留于本能层面上的恢复体力。更深一层，从来没有去想，只是过了四十五岁，身体的毛病渐渐显露出来，才注意了日常的颐养益身。我是在困难时期长大的，那时间食物短缺，好的标准是能够吃饱。现在条件改善了，对食物养生作用重视了，由于种种的原因，有一些想法，反倒无法付诸实践，想起来，自己也觉着无奈。

如果说饮食中有文化，也应当是体验的文化。不做、不尝试，便永远无法获知。我们大约都知道正确的饮食习惯和方法，对身体健康是有裨益的，但佛僧们却食为行道，不为益身。我去过终南山里不少的寺院，见到僧徒集体进食的肃穆情景，心中甚是感佩。我不是彻底的素食者，对于饮食的事，抱着随遇而安的态度。当行则行，欲止则止。用大乘的佛教戒规，不敢要求自己，"三净肉"还是能食的。不见杀，不唆使他杀，不为己杀的肉，小乘教允许人吃。如此一来，从物质生活反观自己的灵魂生活，还是不够虔诚。好在我一直都有饭后饮茶的习惯，多少能涤除齿间渣糟，清虚肠气，保持身心的安如。

听净业寺的师父讲，庙院里食斋，不得咳嗽，不得搔鼻喷嚏，不得用手挑牙，不得吃出声，不得钵中央挑饭，不得大口待食，不得遗落，不得太缓，食时须看上肩。对照了自己，恐难一一做到。我更赞同明清时期张英别开生面的说法：秋高气爽时，进食宜在高阁厅堂，夏日放在临水阴凉之处，冬天置于暖温密闭的室内，春日适合在柳堂花榭。凡此种种的益处，都被我近年常随三两好友，进终南山登游野餐，统而兼得了。

居家过日子，柴米油盐酱醋茶等基本所需不可缺少，能在这样的范围里调度出奇味至味，才是料理的高手。即使是条件许可，攀比效仿奢华的饮食风尚，放纵口腹之欲，一味地搜求珍奇，将古人的食单菜谱照单拿下，不见得能知真味。暴食天珍，实为恶食自残，不可继取。过去吃西安春发生的葫芦头，只是一碗汤，两块饼，外加一碟泡菜，单纯，有嚼头。今年尝过一回葫芦头宴，名目繁多，花样迭出，感觉与惯常的筵席没有区别，已同葫芦头无关，也少了原有的清气正味，实在是不敢恭维。

作家张承志写他在宁夏西海固的人家与回族兄弟说话，半夜里房东的小孩从被窝里蹿出来，跑到院中的地窖刨出两颗土豆，在炉火上烧烤，熟后掰成两半，递到他手上，不加任何佐料，沙香沙香的，是世间最好的美味。在我的印象中，没有看到过张承志专门写食的文字，仅此一段，敌过之前我见过的关于饮食描写的所有高论。

食味之美永远都在变化着。饮食文化是体现差异的文化。食论永不会同原味等值。一种表达形式一经说出就死了。不应当在饮食当中确立至高无上的标准。每一种标准都是对着前一次的告别和界说，就像格言从不单独到来。

如果美味最终要靠身心的体验才能获得，那么悬念和意外才是它的极致。味游移在我们能说出的所有标准之间，永不满足于既有的经验。这是我们人性的组成，也是饮食成为文化的魅力所在。

与食味的相遇，也只是疏离中的相遇。通过对它的分享，不仅符合了我们生理的需要，还获得了一种想象。食味满足身体，又丰富身体。食物赋予人特定的味觉感知，又挑战这种感知。所谓的味无味，其实是指，食无定味。

食味体现着美，也需要美的加入。

粥

粥的烹制与食用，一直都是极为常见和普通的事情。这种食物躲藏在其他的美味佳肴之后，只与平淡的日常生活紧密相系，在意味上也是如此。有些食物可以显赫一时，它们的活力，很快便会在时间当中失去效应。粥显现出的属性似乎永远不会过时；它对人体的有益作用，持续的时间也相当的恒久。这种淡朴的食物，保留着极其温厚的品性，尽管它的制作，需要在煮沸的水中熬制一定的时间，但在它的构成中，总是蕴含着某种不死的东西。有些食物也具备了与粥相似的类型，同样具有汤羹的形式，但那些美食的制作，却完全是暴力的结果，不像粥，能保留住对象材料的精华与活性。

对粥的食用在任何时候都需要，它是一种对象的食物，是更具本性的食物。粥的烹制无须添加任何佐料，也不需要复杂的制作过程，几乎人人都可为之；对它的食用也是如此。粥不属于看起来就已经十分过分的食物；它的作用，从不溢出到它的形式之外，也不嫁接其他食料的属性，只是在自身当中，保持着自己天然的成分。据说粥熬成之后，添一勺花露尤为香馨，但也仅限于桂花等极少数的品种，将玫瑰的花露放到它当中，粥原本的香味就会改变。

米和水的量之间总是有适度的比例关系，才会使粥制成后，见汤见米，而米与汤，看起来又浑然一体。粥的烹制忌水多，除此之外，还要火候到位。与现代的某些食品添加的色素不同，粥的颜色，始终与它原料的颜色相一致，没有那些化学元素带给人的凉意，相反，它是有人情味的，柔和而又充满着自然本性的诗意。

作为一种食物，粥不仅给人身以滋养，更重要的是，它还有益于人们对其他食物的消化。在它流质化的形态当中，消融了有些食物的硬冷，对于肉食顽强的组织结构，也有中和的作用。

有些食物被制成之后，便处在了它的顶点，而粥从任何方面看，都是基本的食品，它被制成之后，只能算作是开始，在入口前，仍然还有自己生长的空间。这也是有些食物被放到桌面上便死了，而粥仍然看起来还活着的理由。

粥这种味道至淡的食物，就好像道路一样，可以把我们带到远方，也能够送我们回到家门。

茶　味

　　喝茶这样寻常的事，如今在我的生活里已经不能完全或缺。这大约是工作之后逐渐养成的习惯，于不经意间慢慢有了茶瘾。

　　我已记不清早先喝茶的情形，就像是赶夜路的人，天明之后忘记了来路。这也使茶的意味中多了一层永不可得的气息，似乎口中的清味还导引着另一种潜隐的业已消散的东西，像是味中之味。

　　茶就是这么奇妙。

　　我独自在家里喝茶是没有讲究的，也不在意品级是否名贵，只是在朋友相聚时，才偶尔见识过茶饮的门道，也品尝过上好的名品，这些对我都是难得的经历，也给了我乐趣。但是，真正无法割舍的还是茶作为日常生活的一项用度，成为我生活本身的构成。长久形成的喝茶习惯，也让我不敢轻视和懈怠自己所要面对的生活。

我已人到中年。年轻时有过荒唐的想法，也做过错事，对自己的内省和反思，常常是由茶来相伴的，其中的滋味也是伴着茶吞进肚里的。若是无茶，怕是无法与自己的内心达成谅解，也不能够消弭对自己的自责和愁苦。许多时候是半杯喝剩下的隔夜茶，叫我的心绪获得了安宁，让我有耐性去在时间之中静静守候。我深知自己生活里有许多的无奈，促使我不得不去做好些事情，长此以往，最终便形成了惯性。而茶饮是在不觉中与我相伴的，并且暗自在治疗着因惯性而生的痛，就像是一台心理和情绪的制衡器。

　　我不是一个对生活有太多奢求的人。到了我这样的年纪，生命更多呈现出的是减法的过程。有些东西已不必要苛求了；有些既有的想法，也该丢掉了。唯一值得保留的还是那一点对于生命的原初记忆，和童年对于幸福的亲身感受，它们都像茶的意味一样切合实际，在身体的感受中那么牢靠而又不可更改。

　　我信任茶味带给我的简单平凡的感受，在对茶味的感知里，身体对庸常重复的生命节律似乎也有了觉察。我感到了自己心的自动朝向，不再是身不由己的浮动，像是在时间之中来把生命的椅子牢牢坐定。

　　有了茶饮的习惯，并不意味着好或坏，在茶味之中不可能获得想要的具体承诺。知茶懂茶的人并不奢求能使自己延年益寿。茶有更深的意味，就像时间永久的重复，让人能够看见和感受得到，却永远无法说出。

喝茶是寻常的事。很多时候，人们就是靠这些惯常的事物支撑和维系生活，茶在这中间让日常变得意味深长。假若没有茶，古代的高士还能拿什么来与生活中持续的简淡的感受相互对应契合呢。在类比中寻求心绪的对应物，完成一种自然的转换，形成托物寄情的过程，精神在现实里才可有所依托。

茶还是一个更为隐匿的角色。褐色的液体流经身体，就像时间的穿过，没有向度。它承续身体之外的经验，又在身体之中启悟未曾有过的感知。正是茶在身体与生命的交叉点上，激发对身体感应的重新思考，使思考本身像事件一样展开，澄入绵密的空寂。

茶味的奇特效应更像是文化的产物，而非自然的属性。它的苦涩、浓淡与香醇，被赋予了它自身构成元素之外的许多东西。在与情境心绪交相辉映的过程中，它增值的效应还生产出新的东西。既不造成时序倒错，也不导致理性位移，而是不断形成对常识的重复。

在重复中，关于茶味，我个人能说的，只是沉默。

卷叁

镜花水月

人可以用一生的时间，再现他的目标要求的实现过程，但人不可以自己再现自己的死亡，因为生命只有一次。

明星泪

明星靠扮演别人为生，或者说他的人生通过扮演别人来实现。明星寄生于他所扮演的角色当中，栖身在角色的兴趣、爱好和举手投足里。他让自己像别人一样说话、恋爱和死亡。在确认别人价值的方式里，确认自己对他者的确认和对自己的确认。

在观众与现实世界之间，明星永远只是一个替代物，永远不是他充当的角色本身。有时他也许会超出角色固有的界限，强化角色的行为，突出某一方面的特质，美化外观与言谈，所有这些都无法脱离角色而展开。明星只是一部用来转化和呈现的机器，是复制和模拟的产物，是真实的中间代与过渡。

表演首先意味着屈从。即使最终表演的结果比真实还要真实，都不会与真实本身完全等同。明星通过表演行为与角色趋近，但不可能成为角色本人。他是在对自己的分离中，靠自己的性格特质和天赋与角色之间的相似，来折射角色，体现角色的个性，找到与角色符合的对应。明星在展现自己个性的那一刻，也将自己的个性交给了他的角色，成为角色身上应有的东西。明星在角色的个性中打开自己的个性，在失去自己的个性中又伸张自己的个性。

眼泪是明星充当角色时唯一从他身体里流出的属于他自己的东西，也是与角色重合后，明星的身体唯一新生出的组织液体。只是在一滴一滴的眼泪中，明星才能够做到：既符合角色的规定，又成了他自己，证明了他的泪，源于他的眼眶内，是出自他身体本源性的东西。

明星泪是化合生成的结果。角色的死可以模拟，流血可以模拟，唯独眼泪，需要明星自己来流。明星泪可以替别人而流，但它之中，很难区分出：哪些是分属于角色的部分。

表演使明星身上暗藏下许多道门，每一道门前都站立着他曾经扮演过的角色，只有眼眶这道门一直是为自己留着，供自己进出。表演实际是明星在自己的身体里寻找门路，寻找自己所扮演的人物在自己身体里的出口与入口，让角色一个个从自己身体当中经过，让角色走在明星的身体为他预设的路上。只有泪，才使明星从自身中涌出。眼眶作为门，始终为明星自己敞开着。

在屏幕上，明星从来没有自己扮演过自己，明星如果自己将自己搬上屏幕，只能是纪实之类的东西，不构成戏剧。

明星的生涯，有可能成为迷人的故事，但无须明星从中自己扮演自己。戏剧都是离间的，不仅观众与剧情间离，表演与实际间离，舞台本身也促使间离，而明星在这中间使一切变得更加间离。没有明星局间充当既维系又间离的中介，就不会有艺术的效果，更不会有今天的影视剧。

不断地成为他者，才能不断地确认自己的存在。当明星成功的扮演了他者之后，他的私人空间才会被呈现出来，他的逸闻或趣事，才能引起关注，供人欣赏和消费，他的私人空间，也不再躲藏于自己的身后，而是逐渐走上了前台，他对角色的参与，讲述与演绎，才能随后将自己的皱褶打开。

罗兰·巴特讲：嘉宝的脸是理念。赫本的脸是一个事件。嘉宝的脸尽管美轮美奂，但不是描画出来的，而是在光滑易碎之物上雕刻而成的。明星可以穿上角色的衣服，说角色要讲的话，将脸装扮成角色的脸，但无法在他的眼球上进行雕刻。眼睛是明星成为角色后，唯一为自己保留的东西。这一双漆黑的肉的伤口，是明星最终返回自己的通道，从中流出的泪，包含着成为角色又从角色返回的过程里的所有秘密。

在角色中，明星以不同的方式落泪，并且在落泪时总有不同的形象。明星被连环的双重生活所套，在其间，他的泪为何而流，什么时候流，还是为别人而流，或是替他者而流，都包含在因明星的表演所新生的泪的历史当中了。

明星在表演死亡的时候，可以自己不死，但在表演落泪的时候，自己必须流泪。在剧情中，明星以各种方式落泪，人们无法确知：他什么时候是在冲着自己落泪。明星不可以自编自导自演一部以自己为主角命名的影视剧，他不可让自己与镜头每一刻都寸步不离。他生前不可能，他身后也更加不现实。

每一个人的个人史，从一开始就像明星的演艺史，都是一部不断成为他者的历史，一部表演的历史。人的成长和明星的演艺，都受语言的支配和塑造，都是努力再现"神"授之意的实现过程。成为理想的人与成为明星是一回事。人可以用一生的时间，再现他的目标要求的实现过程，但人不可以自己再现自己的死亡，因为生命只有一次。这就如同明星无法再现他扮演的角色自己落泪一样，因为明星和角色各自都会流泪。

没有谁，能在场见证自己的死亡。没有谁，能在别人的眼眶里，再现自己在流泪。

汽车神话

关于汽车的广告宣传从外观的直接感受看，总是让人感到一种冷漠的高贵与陌生。它是悬置飞动的不确定性，类似任何谜语背后的结构，激发人们对于不可预知的多种期待。好莱坞的电影还让汽车与美女、色情和暴力恐怖相伴，不仅直接在速度之上展示各种残酷的场面，还生成形形色色的各类诱惑。

近几年来，西方发达国家的汽车旧梦，不断地在中国大地上重现。城市舞台的主角，不再是人群与建筑，而是通过汽车引起的混乱、拥堵、污染和噪声。城市地理的核心，已不再是具有象征意义的标志性建筑和位所与地方，不再是地理本身，变成了汽车这样的动力装置和为它服务的高速公路网系，以及各类坐标设施。

人类生存最基本的方式便是居住和流动，这是地产业和汽车制造得以兴起的根本。但是，汽车无论是作为一种让新的社会生活模式出现的科技，还是作为一种让流动得以自由延续的思想，或者是被当作功能化的工具来加以看待，其背后的生命，都早已经死去了；作为生产方式和生活方式的一种，它最终都是不可持续的，都会变成一种与人相异之物，成为搅乱城市生活的"恶棍"。

汽车化的时空带来了全然不同的居住和生存与交往方式，但是伴随着汽车的运动、气味、噪声和对人的视觉侵犯与环境危害，来解密社会生活的本质，却被人看得无足轻重。

汽车制造、消费以及文化的兴起，是打着人拥有在空间里自由流动的绝对权力这一幌子的。汽车这一人为的发明之物，将栖息与流动看似对立矛盾的东西，统一和谐地集于自己一身。"流动的房子""轮子上的居所""运动过程中的休息"等等，无论从哪一个方面看，都是一种新的生活方式，都是理解资本运作与本质变化的关键概念，都是引起全球性技术变化的标志特征。在这样的环境下，汽车作为产业、作为文化、作为观念与思想、作为科技发明等等，所隐含的所有方面，都不难理解了。它是文化、技术与社会超强联合的综合体，又是一种非人、非物、非文化的怪物。

人类最原始的步行方式，从来不赋予人地位与身份这样的尊容和价值，但汽车这部机器，却使它自身人格化了，在自己之上刻满了用来区分、辨认和对人分类的标志。汽车承诺了另一种虚荣的尊贵享受。

它还引起了我们对于时空的重新看待。由这一类居支配地位的移动方式所生产的被压缩的时间关系，重新安排了我们的起居、工作、娱乐，甚至重新安排了我们的性生活。

由汽车重新分离出的时间感觉，是速度化的、碎片式的和短暂的时间性的认知，其特征是流动、变化和瞬间的即刻爆发。时间不再是四时与季节的变化，不再是植物的变化，而是一种瞬间多元，即时流动的离散格局。

太多的自移性、太多的流动性，让城市的中心消解殆尽。超越距离与分裂时间，让汽车给人的感知带来了越乎寻常的想象。一旦被汽车构成的连字符所吸纳，人将被这种不息之流所驱赶，被迫漂泊，被迫出入于另一种光怪陆离的新奇性组合当中，被迫接受汽车移动的弹性与强制性的规定，不得不将"家"建在轮子上。

在汽车里，你可以四处漫游，但你不可以随意停下来；你可以环顾左右，但你必须接受路牌的指引，必须听命于速度、仪表和其他设施的规约与限定。你可以控制它、启动或关闭它的发动机电门，但你最终无法完全驾驭它。尽管汽车也出自人为制造，但它并非与人亲密无间，并非与人心手相应，并非与人身体协调统一。"轮子上的家"有朝一日会有可能变成"轮子上的铁笼"，最终让人囚禁在自己发明的机器装置里。

你可以坐在汽车里观看窗外的景象。但挡风玻璃上的风景，没有味道和气息，没有温度，更没有任何秘密可言。在汽车里，人们再也无法与自己身在其中居住的城市形成直接的触摸与体验；在汽车里，同样无法深入到你居住的城市当中隐藏的秘密，感受人情人际之中日常的平凡与安详。

汽车是目的论的产物，是功能化的机器设置，是以速度克服距离的疯狂想象。它为人们打开了一扇自移流动的便捷之门，同时又关上了一扇沟通交流的门。在汽车背后隐含的政治经济逻辑，并非出自一种交往的需要，而是一种资本寻求增值，实施统治的需要。没有汽车制造业背后带动的产业链和关联的产业链，没有它本身作为产业所形成的上游和下游的联动，所谓的由汽车带来的人在移动方面的自身解放都将是镜中花、水中月。

人们常说，移动化和城市化是现代化的有机组成部分。城市生活的多样性、复杂性和刺激性，有赖于自身脉搏的跳动与血液的畅通流动。设想在中国这样一个人口众多的国家。人手一车，人人把握着自身自由移动的权利，其后果会是一个什么样的图景。不说由此形成的环境、资源与空间等等方面超常的消耗，使这样的设想难以为继，单从这一设想有可能导致的直接后果来看，并非一派现代化的乐土景象，而是危机和其后紧随的灾难。是一幅可怕的西洋景。

汽车神话勾引起我们内心的好奇，常常让人在一种对于未来的期待中着迷。受此诱惑，我们一直处于对更加美好悬念的追寻之中。如果真有自由，汽车神话会给出你超乎自由的东西；如果真有完美，它同样会许诺出超乎完美。在汽车神话这种看似具有压倒性优势的技术文化统治形式里，已无生命可言，或者说它的形式所包含的生命力已死。人们今天所能利用的，仅仅是其中剩余的那一点点残值。

万花筒

社会与万花筒，实质上是两种不同的东西，个人的成长，常使两者联系在一起，形成相互间的暗喻。

孩子们喜看万花筒的理由多数出于好奇和天真，他们起初从对具体物象的持续关注开始，进入了对世界的认识和了解。万花筒隔离了眼睛与周围事物的联系，通过它的管道对于孩子目光的凝聚，最终将孩子们带到它底座的玻璃镜面所呈现的变化里。

万花筒依照镜子相互映射的关系，将不同形状玻璃之间的拼接与无数彩色碎片的散落，投射在它的镜像里。随着手的转动，万花筒的内部结构也在改变，色彩的碎片会洒落在不同的界面上，界面与界面之间又会形成新的对接，底座镜面上便会反射出多种形式的色彩图案。

通过对孩子目光的围拢，万花筒里形成的视觉效应一直都在延伸。封闭的空间与梦境极为相似。点与面在其中不断分割与排列，组合出了多姿多彩的映射。

　　万花筒一直都指朝着梦。孩子们想要发现新的想象空间的愿望，从中进一步得到启悟。万花筒又不断翻新着对于启悟的各种暗喻。

　　孩子们在万花筒里往来于梦和现实之间，以至于不在两者任何一端走失。万花筒里有孩子们梦中遗失的东西。一旦他们成年，就要设法在社会里找回，他们梦见过的东西。

崇祯的身体

存在着这样的历史时刻："政治以语言的完全解体来抟塑某个主体。"语言解体对主体而言意味着无法表达，或不可名状。这是身体被恐惧透彻的时刻，也是生命的激情被点燃的时刻。身体此刻像一匹脱缰的野马，不再受语言绳索的束缚，而是重新站在语言的界限之外，展开了自己独特的姿势。

一六四四年三月十八日，便是这样的时刻。崇祯成了那个因语言的解体而被抟塑的主体。用来叙述明王朝的语言体系，此刻已经土崩瓦解，故宫之外也已四面楚歌。崇祯选择了在煤山的一棵树上赴死，以长发覆面，让所有人都能看见王朝的废墟上，他所留下的身体。也让人无法知晓，他死去时的面部表情。

在煤山上可以望见整个北京城。北京的任何一个地方都可以看见煤山。在煤山的树上自缢，不同于其他地方。将身体置于其上，目的是为了被看见。煤山无疑就是看与被看的最佳地点，也是历史的制高点。一具吊挂在最高处的身体，掩着面，既向旁观者展开了在它之中生命离去之后惊人的东西，又暗藏着不愿为人所知的秘密。一切都呈现在了由崇祯的身体所构成的这一惊魂的场面里了。明朝的历史也是在这个场面中结束的。崇祯为他的王朝，留下了一具让昔日王朝得以建立的宏大叙述体系，根本就无法解释辨认的身体。

身体乃是比思想更加深刻的东西。中国历史上的帝王们，唯独只有崇祯把身体当作了留给人的一件东西。作为皇帝，他的身体一生下来，便开始被各类的东西所塑造。在它之上铭写的东西，远比人们想象的还要多。它被内忧和外患所缠绕，又被中国几千年古老的文化和习惯所镂刻。内化于其中的秩序和生命的节奏，也非生物和生理学意义上的东西。权力在它的最深处吓阻它。语言不断地梳理着其中萌发的念头与想法。它受之前的文化滋养，又受蒙骗。在它之上，安享着不计其数的荣华与富贵，又同时被节俭刻苦的规训所律束。在身体的历史中，没有谁像他的身体那样：龙袍加身，又布衣素食；自视甚高，又身心俱疲。

崇祯披头散发，绝意而死的身体，也是一件令人战栗的艺术品。他死去之后，一只脚，有袜子没有鞋；另一只脚，有鞋没有袜子。去掉冠冕的头，等待着贼人来分裂。

身处那样的一种时刻，面对他自己的一双女儿，崇祯说了类似"你生在哪里不好，为何偏生在我帝王家"的话，之后便手刃了自己的女儿：十五岁的长平公主和六岁的昭仁公主，以及袁贵妃等嫔妃数人，还逼死了周皇后。

不可名状，是语言将身体推到了极限的一种状态。当语言对于塑造驯顺的肉体失去效用的时候，会反过来清理身体之中的反常，驱赶其中任何有生命特征的迹象，最终导致生命从身体中分离出来。

语言极限的旁边是生命极限的奇观。对语言极限的挑战，就是对生命极限的挑战。崇祯的生命，连同他的王朝早已成为过去。但语言效力在他身体之中失去的那一刻所留下的秘密，对于今天的眼力，会不会成为一个永久的谜中之谜。

自行车

　　自行车消失于城市公共视野的领域并非一件久远的往事，但这种变化却是悄然而又不易察觉的；仿佛是在一夜之间，它们便随着黑夜的离去，而极少呈现自己在城市道路上的踪影。自行车已被驱赶到了一个人们极少能够看见的地方，马路已将过去给予自行车通行的空间，剔除殆尽。根本的变化就藏匿在这样一种神不知鬼不觉的进程中间。有时候，一个时代的到来与另一个时代的离去，并不意味着要留下所谓的宣称。

　　自行车淡出城市生活的沸腾景象之外，并不意味着这样一种富涵魅力的器物在时间中的被风化和老去，恰恰相反，它所创造的城市空间的自移性和自主流动的永恒活力，为早期的现代城市格局的多元化与多样性，增添了无尽的想象力。

　　尽管我们现在已经很少能看到自行车在街道上如潮奔流

的场面了；今天的城市少年，也极少有机会在黑夜里，骑着自行车沉默行进，同黑夜一道共同探寻城市角落隐藏的秘密。但这绝对不意味着自行车作为一种精妙的奇思臆想，作为一种伟大的发明实践，它的意义有丝毫的减损。

自行车依然是城市体验与城市地理志最合适的撰写者。他的速度、节奏和随意性，它的停顿和类似漫游的行进状态，以及它的变化与简洁单纯的方式，还包括它所能够在城市的各个角落实现的漫无目的地逛游所包含的意指，都是解读城市空间文本结构，探寻城市秘密最好的路线图。

在自行车上观察城市，你不用担心它太快或太慢。它和街道上的行人可以并肩前行。在你和城市与人群之间，永远不会隔着一层玻璃。在自行车上观察城市，也不会等同于在摩天大厦之上探出头来的观看。它不会让你置身事外，不会让你有居高临下之感。在自行车之上，观察者也是被观察者，还同他所观察的对象一道，共同组成城市的风景。

自行车是在沉默中行进的，它是人行走方式的自然延伸，并且强化了人类行走固有的本质特征。尽管它也出自人造，但它在根本上不会与人产生分离。它与人心手相应，它和人亲密无间。它是人性的化身，而非功能的载具。它与人的亲近不会带来噪声，它的移动也不制造轰鸣。它并不以压迫的方式靠近它的目的地，也无须启动或关闭制动。它随时都可以停歇，同样随时都可以行进。

在自行车上，你可以环顾四周，也可以停下来与陌生人交谈。在它之上所展开的褶皱是全景式的。你可以从中领略城市的细节、味道和温度，还可以感知人情、人心与世故。它绝不将丰富多彩的城市经验，简化成为玻璃窗上二维的图像。

作为一代人的成年礼物，自行车已被镌刻在了那个年代人们的集体记忆之中。作为礼物，它无须回报，更不怕被历史所遗忘。它摆放在人们面前，无须收回，更没有过多的耗费。

《阳光灿烂的日子》和《十七岁的单车》，都是自行车对人们集体记忆与个人参与的诗意展现。自行车已经实现了人与自身与时空之间的诗意组合，它如今是否在大街上出现，是否仍然是居于支配地位的交通方式，都变得无足轻重了。在变化中变化的东西，谓必会长久；在变中不变，才意味深长。

自行车从来都不只是单一的工具。它还意味着人有效地参与城市进程和有效地参与自身塑造的一种方式。这样一种另类的方式，已经化作今天的城市背景和秘密，已经深入到城市的空间结构当中。自行车在它身后所留下的生命，也会让今天的城市永生。

血的象征

　　按照西方人的看法，造物主将创世之初最先看到的海水的颜色，赋予人的生命液体——血。在东方人对于红色的喜好中，也渗透着一种神秘的、不可言喻的情感。血在每个人的身体当中流淌，既是生命存活的有力支撑，又代表着一种承续和生命源头传递出的秘密。对于血的敬畏与崇拜，它的神秘感和不可知的部分，造成了众多令人不安的想象。血以极其隐晦的方式，暗自在生命中流动，又不断出现在最紧要的时刻和关头。身体的热力来自血的温度，当它溢出人的体外，立刻就会变得异常冰冷。

　　血在源头上来自于神授，属于不可之说。对于它，总是有尚未说出的东西。血不是太阳和大地的汁液，也不是天上之水，它仿佛来自天外。按照福柯的说法：血是象征的现实。它强大的能量，部分来自不受任何矛盾干扰的神话。这种古老的生命实体，既是生命的开端，也是终结。

血在自己的管道里，以封闭的方式循环。"我们是在血泊中降生的，家庭的历史也蕴涵在血液中，我们的躯体日复一日地被血液滋养着。"（海斯语）。这种具有温度和热力的生命之水，不在地平线上构成视觉的奇观，也不像大海那样，永远都是无路之途。血的位格，在视觉领域之外，在可见于物之上；它是记忆的顶点，视觉的极限。血以自身独特的方式，制造更加令人震悚的不安。

罗马诗人维吉尔，将血液看成是人的"紫色灵魂"。在人体中，血液从来就没有停止过运动，即使在休眠状态下，也在为躯体担当着最具活力的防卫。血引领着我们成长，将我们带入成年。

血还是控诉的核心内容和主题，是誓词和盟约的明证。恐吓从来都离不开血流的场面。血终止一切。通过血，恩怨情仇可以得清算。

无论在西方或是东方，很久以来一直将放血作为一种治疗方法，用来对付疯癫狂躁的病人，用来平衡多血质身体当中的躁动与狂乱。血是一种具有热力的实体，易变，易于凝固和消融，往往需要用水来冷却它的热度，清洗掉它所留下的痕迹。

血还被当作生命的图腾。关于人类缘何而来，又去何往的疑问与谜底，就寄托在它黏稠汁液的红色形式里。血在自然状态下贯穿肉身的不同分布，所呈现出的凝重与紫淡，极易引发令人惊颤的超常想象，极易唤起身体的沉睡潜能，并且总是在生命记忆的源头上，血不断更新着自己的崭新形式。

历史的记忆中总是抹不去这样的时刻与场景：血从粗壮的蓝色动脉中喷涌而出，流泄四溢，布满目力所及的任何方面，展现之前自身未被充满的可怕含义，又不断切割在它的阴影当中驻留的东西。它每一次在生命和历史最急迫的关头出场，都是以自己纯净的形式，垂直地投射在视网的屏幕上，又映照出另一些未知和不确定的关系。每一次都是以自身原初的单纯方式，每一次又都包含着更新过的内容。

血曾经以十分隐晦的方式左右过历史。一五三三年至一五八四年统治俄国的沙皇由于血中染上了一种奇特的病毒，致使伊凡四世变成了"恐怖的伊凡"。如果不做血液检查分析，伊凡血液中所污染的梅毒病菌极易被忽略过去。而染病前后的伊凡，判若两人。

梅毒先是经过接触传染，侵害血液，再由血传输到身体的各个器官，造成血管壁的脆弱、鼓胀，直至主动脉或是某根脑血管破裂而死亡。神经系统也会因此受到影响，引起脊髓痨，致使患者逐渐瘫痪失禁。有的大脑也会受到损害，出现可怕的个性变化，最终导致麻痹性痴呆，使患者处在不能自理的躁狂状态。

感染似乎总是针对血液的，而最根本的感染又都触及了血的成分的改变。病毒一旦在血液中得到传播，便会造成无法想象的后果。伊凡血的受污，使数百万俄国人成为受害者，有关折磨和鞭刑、火焚和水煮，以及各种可怕的死亡，此后便层出不穷。这其中部分原因是伊凡体内血液的改变所引起的身体反应所致。伊凡还将这种可怕的病毒传给了他的后代。

血仍然被当作价值判断的标准，被看作成性质纯正高贵的纯化剂。以它来划分种姓的高贵、脉缘的纯粹；用它来区格身份，清除杂质，根绝异源血质的溶入。

血从来就不只是物理形态下的自然之物，它是被文明杜撰发明的一种奇特的文化现象。它对生命的指射，一直都紧盯着源头的那一汪活水，不断地从中汲取新的能量，更新所要表达的内容，形成自我完善的调节机能，又聚集在历史发展的动力因素内部，以人们意想不到的方式，呈现令人触目惊心的场面。

由血的象征所导致的话语陈述，从不固定于单一的意指之上，象征总是将血，从一个意指对象带到下一个意指对象之上，由此再将血的象征带向远方。血并没有只停留在由它带来的暴力、恐怖、残酷的场面之上。它在这些场面的近旁或之外，捕获遭受威胁、惊吓、恐吓的心灵，拷问和胁迫有罪的灵魂忏悔，让它们按照要求进行选择。血总是以阻止自己再次出场的名义而出场。屠杀的理由中，往往都是以防止更大规模的屠杀为借口的。血从不承诺自己不再出场，它总是以下一次出场为要挟，为出场的理由，来阻止自己的一再出场。

血为自己的再次涌现，找到了正当的理由。围绕它所形成的关于自身的语话机制，就像它的自然属性一样自由，是一种涌动变化的活体。血的象征具有自主的能力，不断地更新改造着血的话语。象征使血同毫不关联的东西，相融相汇，并且将它投向无穷。

作为一种现实的象征，血是如何参与到对人们意识和行为支配的行列中来的；围绕着血的相关话语，是如何被建构为价值的；依照什么样的方式，对于血的话语陈述和表达，自己实现了自我更新；为什么，血这种同人的生命与生俱来的自然之物，这种生命的汁液，从一开始，就被当作激发身体潜能，唤醒知觉警示的一种醒悟剂；血的自然形态，它多变、易逝，黏稠流质的性状，它由红到蓝变紫的颜色分布，对于知觉系统投射了何种异样的东西，使我们所经过的一段相当长的历史时期，都弥漫着血的腥气。

血的历史，贯穿于人的历史的始终。历史一方面制造着因血而结的谜语，另一方面也敞开着它的谜底。

医　院

　　阅读福柯，大约起始于十多年前。我在医院陪伴病重的
母亲，空闲时间看随身携带的上海版关于福柯思想与学术探
索历程的《求真意志》，后来又见过包亚明译的《福柯访谈
录》。这些是我最早见过的关于福柯的文字。在医院这个特
殊的规训机构读关于福柯的书，实属偶然和巧合，却非同
寻常：

　　一方面经历着一个心脏重症监护病人在临床系统所面临
的分类、监察、描述和治疗，同时，我自己也经受着这个系
统的秩序和节律对我的改变和要求；另一方面，就是福柯对
医院这一非司法领域的描述。

　　关于医院的一切，此前对我而言，是比较陌生的，感性
的成分居多，认识也只是局限于生理层面上的病与医院之间
的因果关系。现在，它从话语和现实两个层面上呈现于眼
前，让我有机会进入这个由生到死的出口，感受这一个时时

刻刻都规约人行为的特殊机构，认识和理解这个交替使用治疗和镇压手段的场所和平台。

在医院，我仍然心存期待。而医院作为一个同质并列的医学凝视空间，似乎只在挽留和齐集各类病症、病案、病因、病理的描述、分析和诊治。医院是各类疾病的汇集之所，它同死亡无关，它对死亡同样没有任何解救功效。"人之所以死亡，不是因为得病；人之所以有时会生病，从根本上讲，是因为会死"。在医院，"已说出的事物实在不多""能说出的事物也很少"。

目光在医院中获得了一种更为深广的视野。医院作为身体和疾病新型的可见方式，恢复了目光的明澈，疏远和开放的纯朴性。看与知、词与物，医患，可见与可述，既像"儿童的目光"一样未受打扰，处在混然的无知状态，呈现出未思本身所昭示的关于真理的生生不息，又在凝视与身体交汇处的重新配置中，形成别样的话语构型。一方面是词与物尚未分离的纯然状态构成的话语基础，另一方面又要担当对于已被说出的东西的倾听；一方面是话语的共同结构接合了所见与所说，另一方面是究竟谁在言说，并使其系统化，成为新的话语无穷尽地探讨对象，并任由其改造。

福柯把因医院的临床实践所产生的临床医学，描述成关于"空间、语言和死亡"的知识，具体讲就是医学凝视在医疗空间对身体获得的看和知。由医院诞生的科学实证话语，并不完全是中立的"纯"知识。作为疾病栖身之所的身体，从来就是"由许多不同的制度塑造的；它被工作、休息和节日这些节律所损害；它又通过饮食习惯或道德规则受食物或价值的毒害"。身体其实是历史和事件的印记。针对身体的临床医学实践的空间场所，其演进的历史和发展，也是社会历史发展的重要方面。医学及医事制度的论说史，就是一部生命权力的演进史。

诚如福柯所言，当今时代也许是一个空间的时代。在医院，可见性把空间改造成权力的操纵者。看与知的纠缠和嬉戏，构成了相对主义的真理游戏。随着医学视像的转移、深化和前行，在医院中形成的视觉时刻的张力，也不断地进行着医院空间"规范化"的过程。

医院是正常生活的界限，是对精神异常和身体疾病的有效隔离。身体成为医学洞察的焦点与核心的同时，生命与身体也就发生了分离。二百多年来，医院始终只关注于对疾病的打探，发现人身体组织系统的异常性，以及身体如何呈现疾病的分布和反映，并对它们加以诊治。医院区分和界定，隔绝和疏离，清除和排异。借助对身体全面系统的掌控，进而操纵生命的历程，让身体更加富有含义，让生命本体的本质内容空虚。

现代社会的统治，在类型上愈来愈趋近医院模式。这种相似性的知识型，其例子现如今已比比皆是：一方面，现代国家的统治有效地使用了与医学话语的相似性；另一方面，医院在其特殊的领域里，也进行着连续不断的国家统治。

医院是身体的教堂。相对于身体，医院拥有超异常的权力。医院是身体的"异位"，处于身体"危机"和"偏移"的位所。通过封闭和包容手段的交替，形成既敞开又遮蔽的视觉领域。在那里，身体在展露自身的同时，又进一步被隐匿；眼睛看见了一切，又同时处于"眩惑"的状态。生命和肉体从身体之中被剔除出来，做进一步的区分、归类和分析，知识得以妙用，权力达到了对身体、空间的宰治。

作者是谁

成为作者的含义便意味着永远被写作剥夺了"家园"。作者肉身承载的在有无之间的失落感、错位感和流亡感，正是作者生命的中心内核。作者的流亡无法治愈。永远都在别处。永远都同那个所谓存在的本质或在场格格不入。

在场、去蔽、敞亮，预设了一个存在固有的"本真"，进而向作者应许了一条通往"本真"的道路。最终它没有逃出再现的真理呈现模式。处在这样语境当中的作者，一方面变得全能全知，因为世界的本真本源，早已成竹在胸；另一方面，作者又无比的卑琐，畏首畏尾，成为机械地迎合这个世界本真而毫无创造力的动物和奴才。这个时代呼唤的作者，是要对既往的一切价值进行重估，而不是重走存在主义的老路。

没有人能够穷尽写作的全部。这其中没有预言家，也没有结论。作者只能以个人的名义讲话。讲他自己与这个世界相遇时感到的东西。他无资格替他人代言，更没有以存在的名义讲话的权力。他能讲的仍然只是无法廓清的事物的面貌，持续新生的故事和瞬间即逝的动态变化的格局。流动的现代性，出自作者身体的活力，它召唤的是创造，而绝非为了回到对于这个世界假设的母体。

对作者的写作而言，唯一牢靠的是自己写作的失败经验。那些现成的方法规则，只有差别，没有高下，其有效性，必须经过自己身体的检验，必须能够用它来解决自身写作当下性的问题。唯有从失败开始，才有可能挑战自身的极限和写作的极限，才有可能不被既成的写作框架固化在一种成规里。让既有的知识系统无法辨认，无从分类和排位，写作才真正地超越了自身的体制，成为体制之外的东西，成为超越体制的东西。

二十世纪六十年代之后，就写作而言，流派已经变得臭名昭著。新时代的一个显著特征，便是让人人都是作者成为可能。公共知识分子在社会空间领域里相当的启蒙角色也日渐式微。世界无限大，而人与它相遇交叉互映时的角度，却变得愈来愈小。用自己个人的视角观察与思考，讲自己的话，并且在第一时间给自己听，对作者而言，有什么比此更加牢靠。

按照一种给出的成规和方法，忠实而毫厘不差地去努力实践，然后沉浸在这些成规的应许里，进而获得认可，最后顺利安稳地进入历史排定的等级和座位秩序，对于作者，这一切都意味着死亡；对于写作，则意味着它的反方向，它要抵抗的东西，最终又被它原封不动地接受了。在这样的语境里写作，连同作者本身，都是可耻的。

作者面对的永远是一系列的写作困境。不断解决写作过程中的困境，目的正在于连续不断的过程之中。常识的意义只在对常识的违反中才有效，通过写作形成与常识的重合，不是要回到常识。作者也许懂得从常识开始，常识是起点，但他更应当明白，他要去的是何方，而不是常识。写作既对常识尊重，又对它加以违背。

作者是那些拒绝是其所是的人们，在写作中，他们创造了生命的意义，又不断超越自己绘出的意义。但作者也同所有的人一样，诚如帕斯瓦尔所言，是有限者，最终无法获得关于自己命运的一切。那么在有限的生命中，人怎样才能承担自己的命运呢。成为作者，就得与写作和命运打双倍的赌。或许作者绝望的努力，正是未来人希望之所在。在写作中赌存在的本真在场，其结果则意味作茧自缚和身体患上早熟的僵死症；赌道德在场，有可能毫发无损。

福柯曾经提议在写作中玩这样的一种游戏：隐去作者的名字和作品的写作年代。他曾经发问：谁在讲话真的非常重要吗？重要的不在于作者是谁。是存在主义者，抑或是在场主义者；是先锋，还是前卫。福柯提醒需要作者自省的是，要真正逃离黑格尔，其前提便是我们要对脱离他的代价有一个精确的评估，知道黑格尔离我们有多么近；知道在能让我们反对黑格尔的东西中有多少仍是黑格尔的；以及能够衡量出我们用以反对他的手段在多大程度上也许正是他用以反对我们的一个策略。

作者最终也许通过写作需要反对的，只是将一种价值凌驾于众多价值之上的种种企图。去掉强加给主体的超验构造，在此基础上来展现历史的面目。在历史和现实的无常面前，消除掉所有超验的自我陶醉。

作者是谁，是对未来之人，未竟之事的持续不断的召唤。

无声的叫喊

叫喊是痛的权利。当语言的外壳骤然间崩裂，再也无法抑制住包裹它内部巨大能量涌出的时候，叫喊便现身于扼制的面前，展开它的无意识和已被分裂的结果。

从叫喊中迸发而出的是：具体孤立的字，而不是字之间的关系组合；字与字不再有联系，不再在相互之间的同一性中引入多样性；字只是强度点位上的爆发，也不需要彼此的解释说明。

在叫喊声中，每一个字都是一个独立的单位和战斗的堡垒。它们不再按照事先的神意设计跳动，也不受语言逻辑和意义系统的支配。叫喊只代表叫喊本身。倏尔从天际的上空划过，顷刻间就灰飞烟灭。

话语的陈述，无法捕捉它瞬间爆发出的异样的东西。它拒绝抵抗的是：在它之前的各类言说对它的言说。

源于肉体被动做出的反映，叫喊被身体深藏的看不见的力，纠集在了一起，不愿再遭受被任意宰割，也不再受任何意识的指使。

非理性的赤裸裸的疯狂的叫喊本身，是肉体承载的承载极限，是忍耐到了无法再忍耐的程度。叫喊比能够听见和看到它的时候更有价值。它是境遇性的偶然，不是再现性的，更不可以模拟和复制，而是在再现的链条断裂处的新生和溢出。

由叫喊所导致的颠覆性的撕裂场面，只在瞬间里显现。它的碎裂，以生命作为舞台。身体是它的剧场。它所上演的是能指和身体的叛乱。它同时是自毁性的，不是消费性的，更不像歌儿一样，可以拿它来传唱。

叫喊意味着人不再以语言为家，也不再充当忠心耿耿的仆人和意义的执行者；意味着被文化捕获设计监控制造出来的人之死和新的复生。

还有另一种叫喊，是无声的叫喊。我们每个人的身体都拥有，但每个人未必能觉察到，未必能听见。

清晨的光

夏日清晨的短暂时光，通常在西安城南，显得易逝而又脆弱。空气中难得的凉爽，在环城林很快就被燥热的气浪掩盖，城里生活有规律的人们，赶在气温热起来之前，已在林中完成了自己的漫步。

这种有规律的生活节奏，并不因季节的转变而受到干扰，即使在冬天，清晨里的那段时光都是一天当中宝贵难得的部分。

我曾经多次打算过自己在清晨里的生活安排，试图按照西安城南已有的规律，开始每一天的工作和生活：六点左右起床，沿着南城墙与护城河之间的林中小路，走大约四十多分钟，然后在树丛的空地上活动一阵子筋骨，与相熟的人打着招呼，说一些今天天气如何之类的话，再走到南门花园的报亭和饭馆，买回当天的报纸早餐。

我的计划往往落空。清晨的美妙，对我只是一次次的设想，少有亲历的机会，因为自己多数时间在凌晨两点左右才能睡下，属于清晨的那段时间，也是最佳的睡眠期，无法起身，汇入到西安清晨的节律之中，享受一天起始阶段的短促时光。更多的时候，我在早晨这一时段结束后起床，匆匆奔赴要去工作的单位，与西安每一天开始的那一段生活，失去了关联。

夜晚我才有闲暇，来重温别人早晨已有的光阴；这个时候也会偶尔涉足于环城林，尽量将因生活节奏颠倒而失去的那样一种新鲜的经历，寻找回来。然而，黄昏之后的景象与感受毕竟会与清晨有所不同，路上所见的情景也完全不一样；夜晚也有在林中散步的人，多是恋人和性格孤僻怪异者。我在这个时候，也极易想到童年里听到的有关鬼魅夜里在林中穿行的传说，我脑子里现在依然还有这方面的暗示。我记得童年里与邻里的孩子在树林中玩捉迷藏的游戏，其他人撇下我一个，直到母亲在树丛中发现我之后，才把我带回到有灯的马路之上，我随后才感觉到自己又恢复了记忆。清晨在西安南城墙外的环城林带，不会有迷失的感觉。

我知道，一天开始之初的那段时光是清新的，便于人们在夜的陈腐中尽快结束旧有的困顿对人的纠缠。清晨在它撕开的纱幔之上，不断地涌现出令人爽朗的气息。那样的时间既是开始，也意味着一种消散，因为随后一整天的生活会接踵而来。

清晨也被当成一天之中更易于进入思考状态的时刻，由于尚未受到别的事情的侵扰，因为尚未来临的一切，使思考更加接近那些未知和无法确定的东西。这一时刻的非预期性，使未来一天的一切，都具有了吸引力。

　　对于一个需要工作谋生、而后才能写作的人，从一开始就被清晨排除在外了。因为，他不靠写作来维持生活，也无需为自己的生计而写作。早晨，他必须为生活而奔忙，这一段时间，不可能成为使他陷入写作游戏的动力源，不可能由他来决定自身自由的限度。那样一种自由的限度，往往在清晨就已经展开，而他只能期望，在夜晚里才有可能得到它。

若隐若现的花

　　陌生的送花人在窗外若隐若现，像这座城市边缘黄昏时微暗的灯光。陌生人敲开邻居的门，送上一束鲜花和一张贺卡。花曾经与生活中的某些重要的事情紧密相连，而陌生的送花人注定要在城市的街道上消失，与另一些人擦肩而过。

　　因为送花的陌生人，今天这个日子显得格外冗长，它朝以往的一些日子延伸而去，与曾经有过的另一些日子汇合，又不断地返回到现在。花真的非常重要吗？它甚至可以被忘记，连同它曾经拥有的日子，就像逝去的陌生的送花人，有朝一日站在你眼前，也无法让你辨别清楚。重要的是花与花在时间之中的彼此亲近，它会使本不相干的许多日子骤然间互相联系在一起。重要的是"花"这个词，都是现在和过去某个瞬间曾经提及和想到的，它在词的中间孤零零的，在被挑拣出来之后，似乎才有了生命。

　　我无法说出自己作为一个幼童处在智性未开的鸿蒙状态

中，花儿怎样第一次出现在眼前，以及当时我所有的感受。花儿为什么代表吉祥、快乐和幸福的祈愿；从什么时候开始，它成了人们心目中现在这个样子；它为什么不与仇恨、敌视的心理情绪相互联系在一起呢；为什么看见花内心便有一种异样的感觉，而不同于看见别的什么。我此时此刻对花的陈述是在什么样的基础上进行和完成的，是把花当作了花，还是在所有关于花的约定之中，重新展示了花的陈述与言说。你提及花，是不是在某个语言、观念和物质单位的拐杖扶助之下，在清晰明了的状态之中进入了花的外表和里层。

这些柔弱的物质，生着奇特的颜色，它们在晨光里的样儿，在正午笔直的日光里，在黄昏之后若隐若现地飘浮在大地的秘密中，与词的存在，在词构成的关系之中又有哪些不同。什么是语词的花。什么是感受里的花。什么是实际存在的花。

花儿在语词之外宁静的世界独自存在着，它在一年中间开了又落，在另一年里又开又落。语词从来就同花的生长无关，无法真正进入那独立、宁静的界域。语词无法催开花。花曾经长久地开放在自己的王国里，而现在在它同词语之间形成了人的一个话题，一个充塞着各种告诫的崭新形式。

病榻上的一束花，在白色的病室中扮演着某种角色，这情形就像医生、术士和预言家在非司法领域里所形成的核心一样。洁白的颜色使花的神秘性在它的弥散中不断增殖。是情境赋予了这种若隐若现的东西；是一种永不可得的退隐，展开之后收留和齐集了这些转瞬而逝的东西。这些东西构成了病室里的花，它参与疾病的治疗，心灵的抚慰，对记忆流逝的追念和对尸体的赞美。而这一切与花的枝蔓、香气、外表的颜色竟然无关。但花又带来了一些东西，给了你一天的好心情。

你能够追忆清楚曾经手执一束花的所有情景吗？或许你根本不曾有过这样的经历，在北方古老而又保守的城市中间这么做会引起更多的注目。冬天的灰色调和寒冷的气息多少与你手中执掌的鲜花显得格格不入，人们的心情也大致如此，他将视你的举动为一种癫狂。花只有在恰当的时候与场合，才能够被簇拥，才能组成与海洋一般的巨大浪潮，才能够真正表达人类的疯狂。那些"罪恶之花""黑色的花""柔弱的花""理想的花""孤独的花"，是花作为花的真实存在，还是人的一种自作多情……

我固执地目送陌生的送花人，他走进了夜幕的背后。黑夜不仅带走而且清洗掉了不知从何而来的送花人，他像一个影子，在城市的某个地方漂浮过后，注定要回到他来时的地方。我对花的兴趣此时来自陌生的送花人，他所做的事情成全了一种送达，一种从甲地通向乙地的传递。类似这样的人们，如送牛奶工、信使、报童等等，我内心里对他们怀有深深的敬意。或许送花人并不在意他手中的花在以人为中心的语词里构成的层层错综复杂的关系；他也许不在意送的是花，抑或是什么东西，长此以往，他在花的意义失缺里，掌握花，传递着花。

在对花的无尽渴望中所展开的人的脆弱里，充满着急切需要得到抚慰的请求。而在日常生活的冷漠中，在平淡、无奇、单调的时间节律重复的轮回当中，花是孤独者需要和热切盼望握在手掌的东西。它以一种多么隐晦的形式，暗藏于人的孤独和疯狂之中。花这个自然之物，这个单一的语词，从什么时候挽留和收集了人的无意识和非理性。

被它带走的东西，被它收留的东西，我们都无法看见，而它就在我们的眼前，有时像云朵覆盖我们的头顶，有时形单影只，有时随时光的推移，一点一点衰落。

卷肆

无地的彷徨

在我看来，时间永远是向后倒退的，就像燃烧的引线，被火焰所耗费，不断在缩短。在生命中，看似时间在引领我们朝前，实则是我们在不停地后退。生命的引线不断地被时间剪短。

五十岁说

　　我在心理上还没有做好准备，五十岁的生日就快要来到了。生活中的许多事情是不会等人的：你想的东西，怎么等也不见来，而有些事情，常常是在人猝不及防的时候，便与你相遇或错过了。

　　这些年来，明显地感到：去火葬场的次数多了，送比自己年岁大的人，也送过同龄人和比自己年岁小的。每一次回来都有感受，似乎从中明白了一些道理，提醒过自己该放下了。命运就像是在人身背后隐藏的咒语，一辈子都得背着它。我们无法知晓它什么时候就会落在我们的眼前。祸福无常，冷暖应当自知，到了什么样的年纪，就应当懂得面对什么样的问题。

　　我以为，五十岁对于人生是一个重要的转折关口。小时候见到这个年纪的人，感到他们已经很老了。我现在就处在自己当年所见的那种样子，不同的是，自己又是一个悲观的人，看待事情，灰暗的成分多一些，即便在年轻的时候，也是这样。人生而必死。明白了这个无疑的结局之后，才轮到你选择想要在其间做什么。无论你满怀希望，或彻底绝望，你都得向着死而生。

在这个世界上，支配生命背后的那些东西，是没有秩序和规律的。我们自己就生活在偶然和短暂性之中，在海滩上走过，留下脚印，又不断地被潮水抹掉冲走。人生是由它的不确定性所确定的。

死亡在生命的终结处消弭了一切。意义或许只是在无意之中，才得以被展开和发明的。必须随时随地，具体个别地去应对不断袭来的意义缺失感，才有可能在自己生命根源处的无意义之上，不断地发现属于自己个人的意义。这或许就是人生的悖论吧。只是我自己常在其中，觉察到的是疲惫，还免不了心灰意冷。

在五十年所走过的路途中，想要寻找花朵般的美好时刻，似乎也非遥不可及。然而，那样一种真切的向往，总是在现实巨大的漠视中，最终变得销声匿迹了。克己、苦行、祈祷，甘于贫困，我所见过的个人生命史，大多是沉默的历史。它们被时空环境左右，反复地徘徊在灵魂与意识编织的晦暗地带，既非假象，亦非真实，但又不可替代。

生活就活在你以为它已死的状态里。希望也正如鲁迅先生所言，是在绝望当中的。我快到了五十岁，才知道，生命中的美好时刻，是极少有的情况，它们短暂又易逝。必须学会呵护自己，去爱自己的寂寞，懂得如何去关注自己的内心感受，与自己好好相处，尽量使内心生活，少受一些异位的摆布。有人说：每一个人对其自身而言都是最远者。到了五十岁的时候，更应该懂得去做你自己。

我们生活在一个类像充斥，真实滞后的时代。虚拟的东西取代了真相，现实的各种片段暂留在包围它的伪相当中。正如鲍德里亚描绘的那样，在其中既不乏原始场景的萦绕，又有生活在最后阶段的各种悬念。正在不断传播的变形影像，使实在消失在虚拟的幻觉当中。在一个真实匮乏，意义稀缺的年代，能够体验虚空荒诞本身，就是意义。五十岁对我而言，大概已经进入了无地的彷徨。我已经无牵无挂，无碍无涉，只是还有属于自己不会太久的挣扎了。

五十年前的某个时刻里偶发的事情，今天在同一个时间点位上又相互重合了，就像是星云的运行际汇，看似漫无目的，实则是一桩奇迹。一个人同自己出生时间之间永结的谜一般的指向，想起来，是非常有趣的。从哪个时点上开始，在其上所不断累加的事情与经历，又与别的东西偶合纠缠，构成了一个人生命已经开启和未知的部分。过程就像：打开了窗户，又关上了门一样。

我时常迷离于看似属于自己的东西，并且感到处在被抽空的状态。这时候，相对于自己，就像黑夜掷出的骰子，无法弄清它真正的谜底。世界总是在我视线之外隐去，时间又跑得飞快，我无法在当中与它们任何一个能靠得更近。有很多时候，我看见自己像一根鸡毛，既升不到天空上，又不能脚踏实地，只是随着风，在飘来飘去。

有一件事情还在身体里保留着：那便是对于自己生命存活的察觉和身体反映的感受。它们有时就像迷途中的某种提醒，让我意识到，对于自己的意识一直还伴陪着我。一个人对自己十三岁时的自我认识，与五十岁是大不相同的。我感到在我的身体里，住着许多个我。现在是五十岁的我，已经同十三岁时，互不相识了。

总是零散的、片段的、破碎的感觉。人不可能拥有一个一以贯通的自我感知。总是在一个个时间的点位上，纠集着多个偶合的事件，又在另一个点位上出现不同的情形。生日只是凸显的其中一个点：你得记住它。之后才会同生活世界有所关联。

我们被投入到时空当中的生命与身体，是一件不断风干瓦解的容器；它们在无常的变化当中，经受着事件、制度、习俗和语言的改造。在具体个别的事件中赢得认知；在绝望的顶点上获得希望；用自己的坚忍，迎战生存的残忍；用对具体生活的把握，来抵抗对于我们身体认知的置换，即便如此，也许仍然无法避免，在现实巨大的冷漠中遭受蔑视的厄运。倘若如此，还有什么能将我们奈何。

我总是摆拖不掉模模糊糊的生活状态，被莫名的东西，牵着走，赶着走，身不由己地应对着纠缠不清的烦恼。长久以来，这些郁积的无力感，已经形成了惯性。忍受一种离散的、被化合了的行为举止的周期性，忍受无名无形，莫可名状，比忍受酷刑还要煎熬。与一切不想表明什么的东西一起运转，面对不可区分与无法区分，面对拒绝表意的存在。它们是什么，已经与我的眼中所见无任何关系了。

　　在二〇一二将近一年的时间里，我在西安一家医院的神经外科病房，陪护生命垂危的父亲。每当夜晚降临，黑暗越过病区狭长幽深的走廊，裹携着行将就木者的窒息之声；神志不清者的胡言乱语，所挟带的令人匪夷所思的妙想，决绝赴死者的临终喉鸣，像植物一样的人们，沉沉不醒的睡眠，鼻饲病人咽哑的咔咳，失忆者空洞的叫喊，行动不便者沉重的喘息声，让生命暴露出了它不曾多见的另外一面。

　　医院成了生命隧道的最末端，布满了垂死者遗忘的路径和等待的距离。它太冷酷了，根本就不是死亡之所，而多数人又不得不死在医院里。

　　许多人死于治疗、诊断和药物之中。也有极个别的人在被临床医学的话语判定必死无疑之后，又神奇地复生。在医院，让我看到了这种救不活，而又不死的"超生"。它们是潜藏在生命之中最为隐晦的奇迹，逃出了医学理性对于生命的支配。

我从未见过人身体之中这样一种出自本能的盲目力量，竟然能令死者甦生。生命在它最后的阶段对自身极限暂时、具体和局部性的活生生的违抗，是医学话语无法解释的反常。它们偶尔在垂死者的身上出现，像一闪而过的极地之光。

　　那些籍籍无名的垂死者的不死，并不完全显露为了克服死亡的强烈意志，也不是为了获得永生。在他们死亡的过程中，涌现出的短暂的不死，或者说他们死而复生的过程，常常被当成是一种意外而被忽略，被人熟视无睹。这样一种出于本能而又无意识的生死之镜，不再照射因为死所获得的崇高价值，也不反映通过死来把握自己存在本真的行动。它们是非事件，是最为隐私和羞于见人的事情，无法作为像惯常的死之所形成的与社会联系，用来当成对死亡诉说的另一种面目。在这里，死之只与自身关联。在它最纯净的形式里，展露自身对于不可能性的偶然违抗。

　　医院让我在五十岁的当头，遇见了藏匿在生命尽头这一奇特的身体景象。它们出于被迫和本能，并非是自由选择的结果，并且终将难逃一死。但在那些时刻里，身体逃脱了主动意识的支配，不再用一种更加合时的理性，来取代另一种理性。身体在那样的时刻里，只是自己的剧场，不再上演关于真理的游戏。身体在最后的时刻，才开口讲述自己，远离了一切能指的疆域。

生命和身体以沉默的方式讲话了。它不再讲述被神话的客体，也不讲述世间的丰功伟绩。它在讲述，无法言喻。它在诉说，不可名状。它预示着不该而来的到来，不应之有的存在。

垂死者的不死，向我们泄露的不是生命的永生，而是对于永生的牺牲。这才是生命的诗篇。

能够使文字和身体的感受重合在一起，是我五十岁后才有的想法。尽管此前也有过记写自己感受的经过，只是在快要到了这个人生阶段的时间里，又有了一些不同的切身体验。倘若我们能为自己一生中最坏的事情，都能预先做好准备，这当然很好。但有些时候，情况往往会出乎我们所有的预料。尤其当我们面对死亡这个最大的生存谜团，那些理智清醒、毅力超常的英雄，在赴死的过程所体现的价值，的确令人敬佩。而那些无名者，在毫无意识察觉中，便被偶然推到绝路之上所被迫表现出的本能反应，同样让人心惊。

从我生下来起，便被投入到了生存的竞争，在懂事后，现实的环境又充满着各种各样的告诫。依照分类和排位的原则，努力成为某个领域出类拔萃的人物，进而获得身份地位，像权威人士一样生活，这便是在我脚下早已铺设好的道路。沿着早已被指明的方向走下去，一定会顺风顺水。许多人已经按部就班地在这条道路上大功告成，最后又不得不经历绝对的空洞。

在今日的中国底层无名者的生活，往往处在高处。他们像空气一样相对于生命而不可或缺。既无法被看见，又弥足珍贵；既源源不断，又拒绝在自己的馈赠上签署姓名。从不滥用自己的名义，更不以强权的面目自居，只是在对普通平凡的日常生活的重复中，不断更新自己对于自己的定义。

　　在文化的眼睛无法辨认之处，拒绝资本理性规定的口粮，不做被绝对真理反哺而成的侏儒，也不再对信息操控的链条上传播自己。让想要支配和定义个体差异的东西，变得不可定义。所有这些，是我到了五十岁后，才在底层无数沉默者的身上渐渐看到的东西。我现在把他们写下，拿给自己来看来听。

西安空间与地理学的政治

　　最先向刘邦建议将西汉王朝的首都建在西安的人包括张良在内。此后,刘邦采纳了他的臣子们的建议。在此之前,秦的都城的一大部分已经延伸到渭河南岸的地区,咸阳在那个时候已经是包括今天的西安西北部分在内的广阔区域。秦人不仅以西安周围为其核心,其实他们最早的都城就设在西安东北的栎阳,宫殿、陵寝也广布在西安不同的地方。当时想要攻打秦国的其他诸侯国,只能在远离西安的关隘之外,叩关而回,无法冲破秦国的天险。

　　国家和首都的建构基础是地理和人口。有了山川河流,作为国家主体的人群才可以繁衍生存。周文王将国都从岐山周原之上迁移到沣河滈河两岸的原因也大致如此。这些大约便是后来许多封建王朝选择西安为首善之都的共同理由吧。

　　将西安选为都城处于安全和治理的考虑。西安的地理空间几乎完全符合早期统治者对于国家治理的策略需要。

作为首都必须居于国家地理的圆心。西安不仅合乎上述的要求，而且它背山临河，西高东低，居形之胜，在天之中，处于中国地理形势中居高临下的位置，并且尽显出了当时首都与国家其他地方所具有的审美和象征的关系。首都必须是其他领土的装饰，因为它要把自身对于国家的象征意义，植入到其他的领土之上。同时，西安南靠着秦岭的终南山，在早期人们对于山的崇拜中，秦岭被人视为"父亲"山，更容易使西安成为一个有威严的象征符号。

早期都城的建设与选择，必须考虑军事防御和安全治理，西安在这方面的地理优势，更是得天独厚。西安南面的秦岭山体高峻，耸峙入云，被称为"天下之大阻"；西安西侧有陇山，北侧有岐山、九嵕山和嵯峨山，自西向东，遥相呼应，形成天然的不可逾越的屏障；在西安的东侧，则有黄河天险作为防守的凭借。

环绕在西安周围山岭、河道与谷口的关塞，在军事上使西安占尽了地理优势。这些关塞包括东面的函谷关、蒲津关、龙门关；南面的武关、峣关；西有陇山关、大散关；北有萧关。只要守住这些关塞，便进可攻，退可守。地形地理上的优势，为建都西安的各个王朝提供了军事上的优势。

国之都城仅有"四塞之固"还远远不够；一方面，从军事防御的角度上讲，它应当固若金汤；另一方面，它地理的牢固封闭，丝毫不应该影响它对于流动性所产生的功效。都城必须使得观念流通，意志流通，命令流通和商业流通。在地理上，都得要使上述的流通在国都与其他的领土范围内，保持强度与持续性的畅通。西安周围的傥骆道，南面的子午道、蓝武道、褒斜道，以及秦时所建的直道与渭河水道，保证了西安将封闭与流通集于一身，很好地在地里空间上，将两者牢牢地拴在一起，相互促进，使得都城的构想，在西安的地理空间里，得到最好的实践。

作为首都，同时还必须是一个奢华之地，以便能够吸引来自其他国家的产品并且自身也具有同样吸引别的国家的东西。西安可谓"山林川谷美，天材之利多"，山林、河流和肥沃的平原，以及适宜的气候，是历史上最早被称为"天府之国"的地方。"八水绕长安"的水环境，秦岭北麓的七十二峪口和原始森林提供的珍奇丰厚的资源，以及沿终南山所分布的温泉带，为西安在汉唐时期成为世界东方最大的国际都会，提供了牢固的基础。

人口也是都城巩固持续安全的基础因素之一。秦始皇灭六国后"徙天下豪富于咸阳十二万户"。后又"征发民夫七十万人修建阿房宫和骊山陵墓"，使这一时期的人口增至六七十万。西汉时期，京城长安"为户八万八百，人口二十四万六千二百"，若把皇族、士兵和其他人口计算在内，总人口大约在五十万以上。唐天宝元年（公元 742 年），长安人口一百三十余万，是当时世界上人口最多的城市。京城对于一个国家的意义还在于：它的空间地理与资源，能够容纳三个阶层的人口及其要素与秩序，他必须能让君主、官僚，以及那些对于宫廷运转必不可少的士兵、工匠、商人和侍从，住在它当中或周围。西安在它作为都城的历史中，呈现出这一方面雄厚的基础和独特效应，它的空间、地理与人口，成为在它之中建立起的王朝长治久安的支撑。

围绕着西安地理与空间同治理国家的思想观念之间的关系，从另一个方面，说明了地理空间对于一国之都的重要性，并且这些认识最先都是出于地理方面的考虑。人口、地理、领土、安全，这些构成当今生命政治与权力运作的治理技术，其实在更远的年代，已经显现出空间地理政治化的操作和看待。我们对于包括像西安这样的地方的进入，也绕不过地理，而地理在当时，涉及在西安这样的地方，如何将可能的未来发展，以及人为的多样性，整合到空间地理中，使自然空间变成组织空间，以便应对某种不能确切预知的事件；将地理空间纳入到国家战略层面的构想，也是一个风险最小化和积极因素最大化的问题。

《管子》当中便有"凡立国都，非于大山之下，必于广川之上，高毋近旱而水足，下毋近水而沟防省。因天材，就地利"的论述，似乎就是在描述西安。而杜佑在《通史》中，更进一步在地理的认识中，关注到了领土与首都的关系问题，他讲道："夫临制万国，尤惜大势，秦川是天下之腹，关中为海内之雄地……若居则势大威远，舍之则势小而威近，恐人心因斯而摇矣，非止于危乱者哉！诚系兴衰，何可轻议。"这些都是针对西安而言的。

回到张良等人对刘邦提出的定都西安的建议上，在对地理、气候、自然环境的看待和处理方面，已经意识到了政治构想的实现，必须通过作用于环境来实现。对空间地理的利用，也是一项政治技术。西安特殊的自然地理，使它在历史中，不断地得以呈现在权力的眼睛当中。西安自然地理中隐含的东西，不单纯是一个自然现象和状况。定都西安，便意味着它的地理要与权力结合，必须与心灵结合。这些，在进入西安的地理过程中，都是有可能遇到的，甚至是无法回避的东西。

春天纪事

春天在我们那里是随着风飘来的。正月十五刚过，风摇醒南城门楼上的檐铃，城中人便知春天不远了。

在郊外空旷的田野旁行走，已经不像冬日里那样觉得寒冷，手可以从裤兜里伸出来，尽管还刮着风，那风的气息却已带着极其温润的暖意。

柿树在整个冬天的严寒里枝干蜷缩在一起，它们拧弯曲折的形状，似乎是在收缩保留生命的心力，等着来年的春日。而这时候包括槐树和杨树，都向天空伸张开枝丫，抖落掉了身上的残叶。贴地的蔓草已苏醒，仿佛是在一夜间，退却枯黄，生出嫩绿的芽子。报春花最先开出黄色的星点，在灰墨的草丛里；柳树也应当是最先知春的植物，先是枝条的皮层呈现出绿色，尔后，翠绿的芽头才从皮层上探伸出来。我身体里的春天，是远远望见城河沿的垂柳周身弥散的淡淡的绿意所生的感受，在近处看，它们的叶瓣尚未露出端倪。

柳树身上萌生的气息，让春天里张望的眼睛得到慰藉，如果这时下一阵春雨，我们那里的春天就要比往年提早好些天。

货郎手中摇动的拨浪鼓，是我记忆中和春天紧密联系在一起的东西。时节在催促勤快的下苦人早早走出家门；他们走在春风里，并且和春风一道游走在大路上。听到货郎声响，城南一带的老户人家就开始了动静。明才他爸有一手绝好的木工手艺，他此时没有丝毫怠慢，已经坐在院当中收拾起刨锯、斧锤和墨线，只等天气变暖，雇主定会登门不断，大半年里，明才他爸就吃百家饭，有香的有辣的，直到杨树开始掉叶子，才背着工具和行李回到他家院里。明才他爸是我的启蒙老师，他有板有眼拨弄自己的工具，叫我知道了做事的规矩。

货郎的背褡里装着孩子们的欣喜，一旦他们跨进我们那条巷子，便被娃娃们团团围住。我把一冬里积攒的牙膏皮和废铜线圈找出来，从货郎手上换下糖块、娃娃哨和放风筝用的线盘，此后的整个春天里，便有了能吸引我的玩具。

春天对西安普通人家还意味着早起。天还麻麻亮，进城送菜的马蹄就已经响起。郝鸣的双手在春天里依然肿得像青涩的柿子，他的脸颊通常也有冻伤的红斑，耳垂也被冻烂了，一到春天，那些地方便裂成像刀尖划过的口子，脓水从里面渗出来，郝鸣就用锅灰贴封住脓口，没有多久便结成厚厚的一层疤。大约要到五月天里，随着新皮肤长出来，那些痂斑才会退去，此时，郝鸣会双手伸过头顶，不停端详。春天里他又拥有了一双干净漂亮的小手。

早先在路上我总会遇见郝鸣一家拉着煤车：他哥驾着车辕，他母亲在辕根处的铁环上挂一条绳子，耷拉在肩背上走在前头，郝鸣在后面使力推。我对下苦人劳作的直接感知就是从眼前郝鸣母子开始的。垒满蜂窝煤的架子车，由他们从南门外的煤场，一趟趟送到南院门附近的家家户户。从南门外到南院门往返运煤，加上装卸用去的时间，他们一天能走四趟来回，每趟挣两角五分钱，一天下来就有一元钱的收入，雨雪天里也不间断。

有一年春天，郝鸣开始驾起车辕，后来我才知道，迫于生计和出路，他哥已随着一帮同学上了"三线"，在陕南山中修襄渝铁路。这当中，郝鸣还戴过一顶崭新的军帽，估计是他哥带回来的，帽子的内侧用一张报纸叠成圆圈衬着，从远处看，帽棱子高挺而又齐整，出了南门，郝鸣就把军帽拿掉，藏在胸前的衣服里。

春天多么美好。经历了长久的期待而郁积下的新鲜渴望，被春天唤醒，在春风里蕟生。春天揭开幔纱，让一种醉人的气息萌生在骨头里。和慕的天气让人浑身痒痒的。我已经感到自己被春天所驯服，皮肉酥松，骨骼脆裂。这是一种幸福的感受，是经历的开始与结束，是痛痒的毁灭形成的美，像黑夜燃烧的火苗，温软地痛着，易逝而又短暂。

郝鸣已经彻底不来学校上学，他母亲在春天里换上了一双自己缝纳的布鞋，面子蒙着白色的纱布。那个春天来得突然，人们还没有做好准备，郝鸣家的大门便钉上了一块"革命烈属"的牌子，一只木头盒子摆放在他家的箱盖上，裹着黑布。此后，郝鸣便只身拉起了沉重的煤车，开始在西安大街上奔跑。

如果你在春天里尚未有所改变，或许你的心肠硬冷如铁石一般。春天萌发于心头，激活人身上潜藏的东西，唤醒身体里的安睡。我感到自己对自然授予身体的禀赋，反应迟钝，仍然有所不知。在不知不觉享用了藏匿在时节带来的欢愉之后，如果不知有所感恩，无论如何是说不过去的。人身体一旦拥有知恩的感情，才算有了灵性。不知什么时间郝鸣家的箱盖上敬供起了佛陀，初一或十五燃着供香。苦难让郝鸣母子退回到自己的内心里去，只面对佛和自己心灵的宁静。

我们那里的老户人家大多在清明之前，去看望埋在地底下的祖宗，顺道还去大雁塔旁的曲江寒窑一转，新一年的日子就算忙活开了，此后再不会有什么牵挂和担忧。

我听到老家这个词大约也是在春天里。我们家的祖宗埋在乡下老家，每年开春后回去拜跪祖宗是件大事。我的先人清末时由陕北迁到山西，我记得火车开到风陵渡的河岸上就停下不走了，然后，得搭船渡过黄河，再走一程路，才能到永济县境内。先人和老家对我而言是陌生和神秘的。那些埋在地下的人们，我从未见过，站在他们跟前，我知道与他们有一种看不见的联系。我从未见过神灵的存在，但是因为有了祖先，我能来到这个世上就已经是早早约好的事情。人死不能复生，老辈人在世上活过，走过一趟，他们有过想法和念头，信任自己为人处世的道理，对后代有所期待和愿望。这些是不会死的。他们像一道咒符，护佑着我们这些后来人。我感觉到那些不知名的先人在我的生命里存活着，我脑子曾经出现过许多奇怪的想法，相信也本不属于我所有，是他们在想；有时候我主动做的事情，想必也是在替他们。他们只是弥散在了时间的灰烬里，让我无法看见。生命不仅仅存留在具体的个体身上，还是一个薪火相传的时间流程。每一个个体的生命，都属于这个更为宽泛的承续环节的联结点，都是一个时间段里的担当。无数的点，最终才能构成生命的连线。

春天在我们那里非常短暂，就像人的生命一样。明才他爸年头上还好好的，嘴里不断念叨着来年有做不完的活计，端阳节没有过，就被人抬送回家，咯血不止，在大暑天里归西了。狗成从小同我在一起玩耍，他什么都好，就是人胆小，身上在春天里生出一些红疹子，有好些时间不去学校。我看见狗成他妈从医院抱回包裹狗成的褥子，知道狗成也紧着赶着走了那条道。生和死一同来到我们那里，活着的、延续的仍然还是命。生命在一个人身上结束，在另一个人身上又重新开始，我们那里的人把这叫作传宗接代。人生的事情都像是先前约好的，该怎样就怎样。惊悲和欢喜不经耐活，也不必在意。日子还得一天天过，能够受活住日子，便是幸福人。曹伯叔常说这话，他现在也早不在人世了。转眼工夫，暑热就降临了，大麦杏已经熟黄，成群的麦客从东府一镰刀一镰刀割到了西安南城墙根的麦田里。

我们住的那条街叫小湘子庙街，东头是大湘子庙街，直通着南门盘道的花园。我们去南门不走大湘子庙街，而是绕道南院门、粉巷；大湘子庙街的人到南院门，也不经过我们巷子，直接走了德福巷。一条巷子，被中间的湘子庙划开，人们相互间也不来往。我们小湘子的人看不起大湘子的人，不是因为他们不属于西安的老户，欺生。大湘子因临着南城门的便利，落得了许多地利上的实惠，也不屑于同小湘子的人搭理。一车便宜的新鲜菜，经过大湘子之后到了小湘子，只剩下菜帮子和残叶。两个地方的人曾经共用着一只水龙头，因吃水打过一次群架。建华就是在那时候出名的，他搂着衣服里藏的半截城砖，猫腰窜到两伙人群前，跳起照着大湘子为首的人头就是一闷砖，那人撑了几下腰腿便被放翻了，不等我拔出皮带上插的锁子，已经被乱棍打晕了。等我站立在马路正当中，人群都已散尽，街道上留下了一层半截的砖头块子。后来，区政府在两地新建了供水管道，两条巷子的人心头的怨恨才算慢慢平息，我也敢从大湘子庙街经过，但衣服里常常都藏着凶器。我弄不清楚这件事情与春天究竟有多大的关系，记忆中大约也是在春天里发生的。

时节是大规律，之后才是人能够做什么。人们按自然的规律打理生活。历史上的十三个王朝，并没有给我们那里留下什么值得称道的东西。我知道诗人杜甫曾经在长安的酒肆笙歌里穿行，但我无法想象更为具体真实的情境。汉朝的兴盛，现如今已变成废墟；盛唐的唯一见证是一大一小的两个雁塔；明朝将我们那里围成了一座四方城池。历史给人的印象就像是盲人摸象，不是已经摸到的东西，而是认为被摸到的东西。不变的是我们那里人的性格一生愣硬倔。在北京连拉板车的人都有王气。我们西安人相形之下就显得绵软了。帝都是昨日的。朴素生活，厚道为人才是自己的。

在春天，我们巷子里的人仍然是沉默的。晓阳顶替了他爸的工作，就变得跟他爸一样了，整天早出晚归上班，没有一句话，他婆媳妇时穿着一身的确良面料的新军衣，脸上充满着笑意，见了街坊邻居还是不说话。春天里，光明电影院尽是恋爱中的男女，重复着一部老片子，暗地里牵着对方的手，表面上专注着银幕，心里感受着爱情的醉意。郝鸣他哥活着时最大方，他敢于在电影院里正大光明吻女性，一点也不羞怯。

春天提醒人们该做什么，要是谁错过了时机，一年中什么事情都会迟缓半拍。新亮的大姐曾经喜欢上一个火车司机，由于拿捏忸怩，一段美好的姻缘就此了断。在一个早上，一只布谷鸟落在新亮家的大树上，叫了几声，新亮他姐就疯了。我对那个火车司机印象深刻，他是个内向的人，每次到新亮家，手里总拿着一只烧鸡，他离去时的背影，叫我想到伸向远方的铁轨。

生活中的普通人是一些知足者，在平凡简朴的事物中获得幸福。能够领受时节赠予的人的确有福气，同时也懂得生活的真谛。那些看似庸常细碎的东西，需要的是更具智慧的眼力。知道在时间里守候那些恒常的规律，便懂得由此而形成的变化是受之不尽的。最少的耗费，便是最实在的安宁。我在从前能有一顶新军帽已经觉得幸福无比，现在这样的感觉不曾再有，而我又无法说清其中的缘由。也许是我从来就不相信生活中还会有新奇的事情，在春天里回忆春天，就像是我在重新经历所经历过的经历。在春天里，要学会安妥、接纳和重温。

在南山以北的地区

　　夏日或冬季通往南山各峪的主要道路，逐渐被新修宽畅的柏油公路所取代，"终南幽径"被推至和升高到了秦岭的山腰。在西安，南山代表着独特的生活方式，包括自古便有的隐士传说、与宗教相联系的庙宇建制，还有黄昏或清晨山林之中梦一样的景致。这样的情境有时会波及西安城内，不仅是在晴朗的天气里南山在西安南部方位上的呈现。通过石材、河渠、道路与山货这些具体的物质，南山时时刻刻都同西安城内的日常景象保持着联系。在环山公路上行走，新修的通往北麓的各个峪口的通道，在此不断形成路与路的交叉重叠；黑夜里拉车赶路的人，偶尔会被农用拖拉机的前灯照亮，此后，便又淹没在了天际的黑暗当中。西安以南、南山以北独特的生活场景便是这些隐约流动和静止的人与物呈现出的轮廓。

　　现在，原有的那种气息已经消退，代之以成片的楼群和地产开发。宁静是这一带的村庄固有本质的声音，现在已经被打破，也绝少再有拖拉机在环山路上夜行。我自己置身于其中的感觉是无法言喻的。起初是与童年成长记忆的伴随（南山总是隐藏在记忆当中无法看见），接着就是持续的改变。童年和南山北麓的地区，不再可以重回，也不能完整地在脑子里浮现。现在那一片地方，只剩下了休闲享乐的功能区域。我的躯体在其间只是一个消费的主体，不会再有纯自然状态的神秘之感，也没有真正的新奇性可言：人造的安乐割断了原先这一地区由地下生长出来的生命的根须。从前或多或少人们还服从于自然的应许，一旦踏入功能化与功利性的门槛，便会使人们身不由己。能与自然完美融合的地方很容易就会销声匿迹，连同原先的生活起居、人际关系和文化习俗，还包括新一代成长起来的年轻人，都会从原先的地方上逃离。

过去人们依照自然的需要改变着自己的生活方式，而现在则必须服从于资本运作的价值规律，并在其上与它形成生铁一般硬冷僵死的关系。我先前在南山以北的地方少有期待，而一直有所期待；如今，由于期待得更多，而变得无所期待。已经有三四条高速的公路和铁路线，穿过南山通向汉中和安康地区，现代生活无一不体现在它的高速猛烈之上。城市发展强大迅疾的来势，使南山北麓这一广阔的地区处在一种不断消失的状态。那些微不足道的小事情：包括铁器和草编的织物，环绕着古镇和旧宅院的迂曲小路，老的店铺长方形的护门护窗的木板透出的光亮和流散的气味，在过去都是这一地区存在的坚实明证，它们在代表现代的高速化当中，都无法得到保留。速度克服了时间，同样也埋葬了空间，将南山以北以外的东西，带入进了这一区域，就连手工保留在物品之上的气味和特殊的温存感与亲和力，都被城市的扩张和污染驱赶得无影无踪了。处在快速变化过程中的人们，可以因为速率的加快而兴奋不已，但永不会再有熟悉亲切的环境，像光的折射将记忆重新唤醒的情况了。所有的一切，包括我们自己，都变得与自己远离了。

在南山以北的区域中，我已经找不回曾经在它之中发呆的理由了。时间的变化现如今像是无形无尽的一张网系，在它之上我们必须做好准备：我们既回不到过去，又不知道该往哪里。

在城市之间穿行

一九八三年夏天，我拎着一卷行李在兰州的大街上四处寻找我要去工作的单位——西北民族学院。或许是因为时值公休日的缘故，总之我记不清楚了，当时兰州人民大多显得悠然自得，闲适轻松。姑娘们身材匀称苗条，在海拔如此之高的高原之上，太阳几乎是贴着脸儿恶毒地照着，但兰州姑娘依然生得白里透红，像本地出产的苹果那样，闪着健康的光泽，这不能不说是个奇迹。

从天水路到双城门，年轻小伙子清一色的公安装，蓝衣蓝裤，白塑料底板儿鞋，头上扣一顶军帽。在这样一个陌生的地方，街上满是不戴领章帽徽的公安人员，着实叫人紧张。我以为兰州正在举办着一个全国公安系统的什么大会，大概是会议间歇，代表们在街上转转，忙着购置些地方特产。我的直觉反复提醒我，要小心一点，这儿的情况不比西安，尤其是在"风头"上。在我成为兰州市民最初的几天里，公安人员的形象反复在我脑子里浮现。当我估摸着该是会期结束的时候，便跑到街上去看看，发现兰州城依然如故。我想兰州该不会是公安预备人员的聚集地吧。带着这样的疑惑向我的兰州同事打问，方知酷似公安人员一样的装束，正是兰州青年时下最为流行的服装款式。细细算算，这样的时尚与西安相差大约十年。所不同的是西安十年前流行穿军装，遍布全城的草绿色，同样让人分辨不清谁是士兵，谁是老百姓。

从高处望下去，兰州多数地方位于黄河的南岸。北面是山，南面也是山，中间便是兰州。虽然兰州作为城市在世界上不算非常有名，但与多数著名的城市相同，兰州也建在河的岸边，并且是一条大河的岸边。沿河有一条宽敞的路，叫滨河马路，恋爱中的兰州人，多数都在滨河路上走过。在兰州开往临夏的长途车上，我曾听一个被抱在怀里的幼童用兰州方言反复念叨着：美不美，滨河马路，黄河的水。

在兰州的三年当中，我从未感到自己是它的一个成员。它的巷子、街道、学校与我没有一丝关联，环抱着它的群山，对我而言竟是那样陌生。南关十字相当于西安的钟楼，是兰州的中心，我站在那儿，不知道回去的路，觉得它像是随便两条道儿交汇的一个十字路口，没有站在西安钟楼下的那种感觉。

我时常在黄昏时分登上兰州南部的皋兰山，整个兰州城就在我的眼前。它起初清清楚楚，又渐渐变成昏暗，然后，像由天而降的银河，星星点点。我清楚，夜幕的深处，河仍然紧靠北边的山崖在无声地流动着。位于西边的河段上有一座铁桥，大约是乾隆或康熙年间建成的，站在桥中央流水冲击桥墩发出轰鸣声，整座大桥似乎时时刻刻都在摇动。汽车经过时，桥给人一种将要倒塌的感觉。这不是在梦里，也不是在文字和别人的转述里，桥的存在，在这座城市中比记忆还要久远。有段时间，我时常去那座桥，不是为了看它，而是想重温在它上面飘然欲飞的感觉。我在桥上获得了一种飞翔的姿态，像鸟类那样自由而又顽强。

兰州是我从书本走向生活的开始，同时又让我在生活之中更加接近书本。当我面对干枯的山野，奇异的种族和一种更为深邃、崇高的精神品格时，我清楚我孤身一人来到这地方是为了什么。我开始为自己的一切负担，孤绝地在物质条件严重匮乏的精神存在里流浪。在最底层，在异族人的精神空间之中活着。我要对我熟悉的东西说声再见，我要把脸背过去，赶上在黄尘飞扬的土道上远行的大马车。那些马贩子，黑店的老板和逃亡者的黑话、切口及私语，像火一样烧烤、刺痛、洞穿着我的心灵。它们是荒野之中一把明晃晃的尖刀。它们在语言的地下实施颠覆和破坏，在强力的高压之下完成对权威和等级的反抗。

兰州让我能够安静下来思考，让我有充足的时间通过书本来重新审视书本和我从小就认定的非常牢固的东西。在知识和语言当中，什么是我的东西，什么是别人的东西。兰州教会我怀疑，怀疑那些文化"精英"的话语，就如同寄生或依附在真理这个巨大贝壳表层的藻类植物，他们在所谓的文化与艺术当中钻营和栖住，到处建立联系，在真理的前面设置起一道屏障，把老百姓隔在外面。

在兰州我没有感到过自己的谦恭和自卑，它容纳了我，就像它容纳栖住在它任何一个角落之中的流浪汉、教徒、囚犯和各类异端分子；它像一个码头，收留了这些源自四方八面的逃亡者。兰州人像兄弟一样对待他们。在兰州你可以自由自在呼吸空气，它承受了更为宽泛的相异性，这绝不仅仅只是表层形态上的服饰、种族和各类的礼仪，更为深刻的东西直达血液、信仰和心灵最隐秘的部分。他们宽厚松弛的行为方式告诉你，他们首先能够容接的是你的丑恶，而不是你的善举。你是一个穷人，这个城市仍然把你当朋友，就这么简单。那些从青藏高原日夜兼程，奔向兰州的藏族人，他们腰挎着短刀，口袋里也许没有一分钱，结果他们会发现兰州人民仍然友好地向他们频频点头。回族人、撒拉族人、裕固族人认定兰州也是他们的家。我这样描写兰州并不意味在兰州不存在暴行，恰恰相反，一九八三年在兰州夜晚的街头，依稀可辨出"砰、砰"的枪声，那预示着在又一轮街头争斗中一位霸悍"英雄"吃了子弹。这枪是一种土制的火枪，但毫无疑问是一把手枪，兰州人称它为"钢砂枪"，因打出的是与火药混成的钢砂而得名。在一步之遥的距离发射，可令对手的脸上开满紫色的小花，一辈子也没法消隐退去。一九八三年至一九八四年，兰州城内了结一桩桩恩恩怨怨和摆不平的事情，到最后都用的是"钢砂枪"。那时候，因为"钢砂枪"的缘故，我在兰州大街上行走的心情更是异样的孤独。任何一把藏在兰州小伙子大衣深处的"钢砂枪"都会叫我心寒。我不由自己又想起西安南城河沿一带的环城林，城墙和雨后涨满的城河水，小学时的课堂，我用小刀刺在课桌上的名字。我想到小时候，扯着母亲大襟衣服的一角，随着母亲四处寻找，消失在人流之中大哥的影子。人们的脸色和衣服的颜色，不给我一丝一毫的希望和快乐。在兰州我的恐惧、孤独和不安，与西安多么相似，却又完全不同。兰州、西安，西安、兰州之间的距离真真切切。而我既不是来者，又不是归人，我只是有一段时间，在它们中间行走，身在其中。

可以说，在兰州对于宗教我是无知的，就信仰而言也大致如此。从兰州向西，是青海的湟中、湟源和德令哈，往东是陇西、定西，自然条件是残酷的。一切的一切也许都是可能的，但活着，再活下去是必须的和唯一的。在兰州我看到了真理，是底层、大众和穷人的真理，这便是活着。活着就是爱。它那样形象鲜活地充溢在我的全身，成为另一种书本知识和睿智的大脑所无法理解的情怀。

　　都柏林在爱尔兰，有一个叫乔伊斯的作家就生活在那里。在兰州初秋清冷的晨雾中，窗外的街道让我想起那个老人和我从未到过的那座爱尔兰城市。难道是这两个地方的恐惧和暴力事件，使我产生了如此奇怪的念头和想法吗?这是一个多么无助的妄想。都柏林是都柏林，兰州是兰州，一个在书里一个在现实中。眼下的兰州人正提着铝制的饭盒，蜂拥朝向西固工业区，他们有的在沿街的小饭铺子里吃上一碗热火的牛肉面，让身体暖和起来;有的用双手捂住铝制饭盒，以便双手不至冻着。兰州是工人和士兵的城市。约莫在早上九点左右，大街上便可看见三三两两从八里窑等分布在不同地区的兵营里走出来的士兵，穿着翻毛的军用棉皮鞋。那鞋子落在冻硬的柏油马路上发出"咯噔、咯噔"的响声，至今时常回荡在我的梦里。这是一座士兵和工人的城市，但是没有战争和起义。这城市多么美好。所有向西的商队，教徒和文化的"淘金者"都要经过这里。一九八六年当我背着那卷从西安拎来的行李站在兰州火车站的月台上时，我知道我被兰州打败了，我曾经坐着时间的列车在这个叫作兰州的地方被甩下来，三年之后，我再一次让兰州甩了出去。道理很简单，当我置身于它之中，我竟对它的一切一无所知。我所接受的教育和所持的文化立场，与兰州格格不入。所有以文化、艺术的名誉进入兰州的企图和行为都是可笑的，可笑的不是文化与艺术和人的行为，而是人对随身佩戴之物的误读。

在西北民族学院我的那间宿舍里，纯属偶然的原因，使两股人碰到了一起：一帮是我的同事，他们分属于藏、蒙古、回、裕固等不同的民族；另一帮是上海过来的两位诗人，还有当时在兰州的封新成和普珉，他们都是北岛之后中国非常出色的诗人。这样的会面看似平和友好，又火药味极浓，对方谁都清楚谁是谁。意识和观念有相似之处，却又完全不同。尽管我已无法说清那天晚上双方都谈了些什么，但争辩、斗狠和平心静气的谈话气氛令我记忆犹新。很偶然的相遇，又非常坦诚地坐在一起直言相见，说崩了，大家仍能坐着保持着各自的尊严。是个人的尊严，而不是诗人和种族的尊严。虽然在整个谈话相聚过程中，有人不胜酒力，不时从椅子上滑落下来，但他们毕竟喝下的是烈酒，掏出的是素心、真心。这件事情之后，我决心使自己成为一个普通人，学会一个普通人做事情的本领，在人群中生活，在人群中思想，感受更为巨大，更为隐秘的心路历程上的暴风骤雨。

这是十多年前我在兰州的一段经历，这是我今天生活中的一个梦想……

年　味

　　每逢年关临近，总觉有些忙乱和慌张。街市上人流比往日拥攘了许多，丰庆路一带的批发市场更是车水马龙，川流不息。不知从什么时候开始，遇上年关口迫近，心绪反倒不宁了起来，人们急匆的脚步，让我心里感到怆然。时间于我在这个交结处，愈益显得紧迫。我在生活里身不由己地漂浮。我感到时间与我擦肩而过的强烈感受，使我更加凄惶。我看见自己走在路上，佝偻着腰背，生活的手一度将我拒绝。

　　随着年岁的增长，对于年节的兴味也比从前寡然了。年节永远属于童年。我记得小时候，曹伯叔总是在年三十天麻麻黑的时候，送来一只"叮当"和两根镶在麦秆上的老刀糖，摆放在我的枕头旁。曹伯叔有一手做"叮当"制老刀糖的手艺，除夕上，一年的生意就算做到了头，余下的时间为街坊邻居的小孩赶制些新年的要货。大年初一醒来，因为有曹伯叔前一夜送来的东西，新一年的开头就有了欣喜和亮堂。郝旗、晋安和王正的"叮当"，大约在年初三未过，已被吹破了。老刀糖也基本没了踪影。我的"叮当"，在正月十五打灯时还是崭新的。老刀糖我也舍不得吃，通常插在我家过年备用的冻豆腐上，一天舔上几口，这样从初一到十五的年节里，嘴里天天都是甘甜的。

我们家的孩子多，新年里不可能都添置新衣服，但我妈每年都要为我纳一双新鞋。她让我双脚踩在报纸上，取下我的新鞋样，就开始打糨糊，把旧衣服的袖口、领子和破损的地方剪掉，一层一层贴糊在南墙上，每天还不忘用一只木槌在上面敲打，来回滚动上好几遍。等到那些"被糊"干透，贴得更加牢实，我妈就从墙上一块一块将它们揭下来，照着我的鞋样剪裁，在上面蒙一层新白棉粗布，一针一针缝纳。有好几次，半夜里醒来，看见母亲仍在灯下为我纳鞋底，她还不时习惯地把手中的针头，在自己的头发里磨搓几下，并让我安稳睡觉，告诉我新年定有一双新鞋等着我穿。

我新年的衣服绝大多数是用我大哥的旧衣服翻新的，身量的合称劲，毫厘都不差。有一年穿的蓝褂子，胸前的口袋特别大，布料的颜色也不一致，我穿着丝毫不觉怪气，只是口袋不能装东西。

我穿上用我爸的呢子中山装改制的短大衣，心里很是牛气。有几年，走亲戚时，我妈就给我穿上，回到家又让我脱下，叠起来放在我家的樟木箱子里，怕弄脏。学龄前唯一的一张照片就是穿着那件短呢子大衣照的，也是在新年里，我父亲的一位同学，路过西安，我们全家一同和他去的大芳照相馆，算是一个留念。那张照片我现在还保存着，从中能看到那时我家的生活虽然艰难，但上上下下，里里外外，却被我妈收拾得干净整洁。

我不是爱怀旧的人，但我的生活留下的仅只有回忆了。往事与我有了割不断的丝缕。我在其中见到的第一个人是我妈。她已辞世多年，而我仍然觉得她还活着。这些年，每当我难受的时候，我便独自搭上长途汽车，到长安杜曲的塬下去看她，在她的坟头坐一个下午。她不说话，我每次却能从中得到宽慰。今年的腊月二十七，我们几个孩子去看她，这已经成了规约我们几个生命路向的坐标：她领着我们来到这个世上，我们不会让她离我们而去。每一年的起始，我们都要回到她的身旁，再从她身旁重新上路。

我们兄弟姐妹生在普通人家，过的是平常日子，但我妈是个好强的人，生活再艰难和辛苦，她都不会松劲，不轻易放弃自己的想法。有好几年，父亲下放农村，她一人带着我们一群孩子，老家的亲戚劝她回到乡下去住，她硬是不肯，年节上把屋里上下和我们几个的吃穿打理得井井有条，还要为街道居委会义务工作，帮助巷子里孤寡老人的生活，大半夜还同几个居委会干部巡察治安。尽管那会儿生活平淡简单，有我妈在，年节来临前，我们总还没有失去期待。

我们家有口大生铁锅，是我妈拿她娘家给她结婚陪嫁的金戒指，在南大街寄卖行当出的钱买的。它放到我家的大灶炉上正合适，为的是给来西安串联的"红卫兵"烧开水喝。我记得那会儿一到黄昏，巷子里就停下一辆辆的解放牌汽车，一队队外地串联的"红卫兵"从车上下来，要在我们巷子住宿。我妈引着这伙人，一家一户地安顿，剩下跟在她身后的几个，是要在我家留宿的。她事先已把我家另外两间大房子拾掇停当，只等他们来住。这时候，我和大哥在风箱灶炉上烧开的一锅水，正好也派上了用场，之后，又由我拉风箱烧水，我大哥提水添柴火，将我家四个大暖水瓶灌得满满的，我妈提着，引着我，再去串联的"红卫兵"的住处挨家巡察一番。

我小时候生得白胖，脸圆圆的，头又大，讨人喜欢，做完我妈分派的活儿，我还爱钻在这些外地人中间听他们说话。他们也爱拿我逗乐。听他们说说笑笑我心里高兴，想着有朝一日也要去外面走走。我当时觉得这些串联的"红卫兵"人蛮好的，他们在我家住一宿后，有的把自己的毛主席像章从胸前取下来，悄悄放在我家桌子上；有的留下自己的照片作纪念；一个女孩，跟我妈道别的时候还哭了，她大概是见我妈一人带着五个孩子，又为他们忙活实在不容易。我妈没有文化，也不识字，平时话又不多，只是劝人家莫哭，临了，那女孩将她的红格子围巾系在我妈的脖子上。这些人有的后来还给我妈写过信。有一年过年串门子，我家从前的老邻居还说过，时常有外地模样的人，在我家原来住的地方打问我妈的去处。

我有一顶崭新的军帽，是在我家住过的一位姓孙的北京"红卫兵"给的。帽子里的红章子盖得十分清晰规整，章子的空格处，端端正正写着一个"孙"字。它上面有一种好闻的味道，耐得住闻，味也悠长。平日里，我舍不得戴，也不敢戴。西安那时候街上抢军帽的人多，我只在家里的镜子前戴，在过年的时候戴，在晚上睡觉时戴。也是过年，我妈出门送客人，我戴上那顶军帽，又裹上我妈的头巾，趁着夜色，走在巷子的马路牙子上。我太喜欢那顶军帽了，以至于从小就梦想着成为一名军人。这当头，一只手已将我的头巾撕拽掉，一把抢走了我的军帽，黑影儿，在我眼前晃动了几下，便没了踪迹。此后，很长一段时间，我什么都不干，每天都站在院子大门口，看过往的人头上戴的东西。

世事和人生，从那个晚上起在我头脑里有了灰暗的颜色，直到我长大上学，干了工作，凡事遇上了，都认了扛了，躲得远远的自己疗伤，忧郁的个性愈发突出，不可救药。直到现在，在年关口上，竟然会有莫名的惆怅。

翻过新年，我就四十岁朝上了，黄土埋过身子半截了，正所谓的不"惑"了，而我时常却在迷惑中。生命于我更像是一种无法言喻的东西。我对它的所知，便是我仍然对它有所不知。长久以来，我也像所有人一样，在日子里日复一日地工作劳动，并且在劳动中有所期待，而寂寞和孤独更像是我最忠实的朋友，在迂曲漫长的时间回廊里，常跑来照看我，守护我，伴随着我的左右。

今天夜空高而又阔。我不知为什么又坐在夜空下独自发呆。世界变得安静下来，安静得让我能听见自己的心跳。我感到我的身体的温软，内脏也显得十分柔弱。我清楚地触摸到了我的内心对身体的察觉，还有从前年节里发生的事情。它们敏感细微，响动的时候像瓷器一样松酥易碎。我还感到了自己的呼吸，它在身体的表层收放，源于内心的伤痛和回忆。

年味在我看来更多的蕴涵着盼望，这盼望也只是盼望本身而已，就像我曾经在上世纪末热切盼望着千禧年的到来，就像我小时候盼着过年。我在期待里，也让我看到周围人们的相继离去，包括我的母亲。时间可以改变一切，而无法更改死亡。我除了怅然，心里总觉得空空荡荡。生命就像击鼓传花，轮到谁，谁就得起身，在多米诺骨牌的效应里，都一个一个倒下，身不由己。

在生命的轮回里，光明与黑暗的象征交错形成的力量关系，支配操纵着人们的行为，死亡则于终结处守候。我在光明之中所感到的透明的黑暗，让我在这二十几年里，像一根鸡毛在半空里，飞呀飞，飘呀飘。没有分量，也没有根基，随风蹿升，落在地上也摔不死。

我已经被时间打磨得光亮油滑，气力和心劲于我也变得距离遥远。大道理不是我这样凡俗的人能讲的。在年关上，只是还没有丢失记忆。那些过往生活之中的小事情，还有一些微暗的热量，让我不致在这北方寒冷的冬季里冻得发冷。我还念想着那顶我所珍爱的军帽。那些简朴、单纯的生活所让我明白的事理，我母亲持家的本领，所有这些我还记得的人事，让我在纷扰的年关口上变得安静。让我觉得以往的日子与我之间的牢靠。让我在新年的第一天推开房门，感到雪后的天气和我忧郁的本性，原本就是生活本身的意味。

劳动路和湘子庙街

从城里去劳动路，要从西大街向西，出西城门，经过西关正街到了西稍门十字，才能看见劳动路自北朝南的牌子，十字路口以南叫劳动南路，北路位于北边。

四路汽车在南路口上有一个停靠站，但不叫劳动南路站，而叫西稍门站，此处上车下车的人大多去了劳动南路。六〇七路由北向南穿过劳动路，开往高新区的电子城。还有许多没有路号的中巴，也从劳动路上经过。

二十世纪八十年代初期，我到过劳动路，是去西关机场，那时还没有劳动南路，北路则刚刚初具规模。南路很短，通向机场的东大门，周围是零星的菜地，有几家民航或空军的单位。

在此之前，我一直住在西安，劳动南路则是绝少来去的。我印象中它是一个与飞机有关的地方，不等走近，已经能听见巨大的引擎声。

在西安生活，我先后住过的地方有：小湘子庙街、北院门、大庆路。大学四年里住在翠华路的陕财院。工作之后，从兰州调回西安，原单位在西后地有宿舍，也在那里短暂地住过一段时间。住地的变换，多与生活有关，于我自己实属无奈。一九九三年底，我调进了劳动南路附近的一家单位，父母又住在大庆路，每天就在劳动路的街面走动，直到现在，一直没有改变。

湘子庙街代表着我在这个城市生活的童年记忆。它是安静的。没有什么可以打扰它，像坛中封存的老酒；北院门处在浮动的状态，已经印象模糊；大庆路则是老家与新家的标界，就此我离开了父母，成立了自己的小家。劳动路是我现在的生活，我每天要到那里去上班，隔两天又经过它，到大庆路上去看父亲。

地方对于人在意识形成的初期是重要的。个人的记忆需要凭借它作为依托和参照。我自己心里底色的元素却是没有劳动路的。也许是年龄的缘故，在我开始踏上了劳动路之后，而它却很少能够成为我主观的加入。我在它的街面上。来了去了。去了来了。

西安城南和湘子庙街一带仍然影响着我。我的记忆似乎永久定格在了那里。这些年，我内心潜隐的向往便是对它的不断回溯。我在劳动路上每天重新开始，但却依赖于对湘子庙街的不断回溯。湘子庙街是始终的出发点和落脚点，它给予我了在劳动路上行走的能力源。西安城就这么大，而我自己住过的地方毕竟更有限，真正能像种子种在我心里，成为我身体一个部分的地方，更是微乎其微，而我现在生活工作在劳动路上，也并不是对它缺乏情感关注。

我自己这些年在不断改变。成家之后的生活压力也随之增大，少了清静，多了许多无名的隐忧。从劳动路上经过，也都是来去匆忙。许多事情，于自己内心所想是本不可为的，但却每天都在眼前发生，而我还明确地知道其中的曲直，却依然顺从着，年复一年，听任着摆布，又无力改变。有时候走在劳动路上，我所经历的陌生的事情，变得更加陌生，只有童年住过的湘子庙街，还能让我感觉到平静。

自从我住在了劳动路附近，南段一带先后建起了两座过街天桥：西工大西门口的那座建的要晚，只因学校扩招，学生宿舍盖到了东桃园村，才有了必要，主要是为了方便学生上课。我每天要经过的民航天桥，比西工大的天桥要早建许多年，它在民航大厦与我们单位的大楼之间横过，我每天不得不从上面过，原先劳动南路的马路中间没有摆放铁栅栏前，我一般不走天桥，而是横穿马路到单位。现在的情况是：早上八点。从七楼下来。经过民航家属院的大花坛到东大门。向右五十米上天桥。下天桥后向右再五十米。再走四层楼梯。

去年冬天西安也遭遇了罕见的冰雪天气，下班之后，劳动路上的行人已经稀少，我在天桥上看见过一个中年男乞丐，低头跪在天桥当中，面前的瓷碗放着零星硬币和小面额的纸币。有时候乞丐是一位妇女和一个孩子。我弄不清楚他们是不是一家人，他们乞讨的时候同样都跪着，同样没有言语。后来清扫积雪的工人以为有人在天桥上堆积起了雪堆，结果发现是冻僵的乞丐。听同事说起这件事情，也没有再问是不是一个中年男乞丐或是一位妇女和一个小孩。

我在西安的生活就是由路开始的。早先是湘子庙街、北院门、翠华路、大庆路。有一段时间是莲花池街、莲湖路。还有书院门、南院门。现在是劳动路。自从高新开发区建成以后，劳动路的南端也被打通，相接着开发区里的主干道，这样绕过科技路，从唐延路上还可以通向西万公路。从西万公路可以进南山。

这些年，我的生活变得简单得不能再简单，只剩下了两条路：湘子庙街和劳动路。我本以为曾经走过其中的一条或另一条，两只脚能够配合一致，步调统一。现在我时常还觉着，其中的一只脚其实一直朝前在走，另一只却在往后退，不断地朝着两个方向相反的尽头。

向后回头的路应该是湘子庙街了。还要朝前走的路一定是劳动路。两条路，一前一后，尽在眼前，原本又深不可测。这样想并不见得有趣，在我也绝无只属于个人的特殊用意。它们就是我现在身在其中的生活。

青龙寺的樱花

　　青龙寺大约是在二十世纪八十年代末移栽的樱花，确切的时间我也无法说清楚，只是到了九十年代中期，每到阳历四月的天气，西安地方上便有了去青龙寺赏樱花的习惯。

　　我去看青龙寺的樱花，时间还要稍晚，随几位朋友同往，印象已不甚清晰，之后的若干年里，只是在报上见到过青龙寺樱花盛开的消息，再也没有机会前去。

　　近些年，西安在春天里观花的地方多了：太平峪里有紫荆，木王山上有杜鹃；我的几位同事去年还到汉阴看过油菜花。做自己高兴做的事情，见喜欢见的人，在我看来就是人生的幸福。

　　想起青龙寺里的樱花，其实与青龙寺本身无关。青龙寺早就在长安废旧的历史中毁灭了。前些年出于恢复古迹遗址的考虑，才在废墟上得以重建；我常常毫无理由地想起一些事情来，都与这些事物没有了干系。青龙寺的樱花，也与樱花无关，更同日本牵涉不上。我只是在空寂中，想到了另一种空寂。它们或许匿藏在青龙寺的樱花里，或许也潜隐在别的事物里。我无法说清楚，只是隐隐地有了感觉。

我对事物的看待，尽量只想能简单些，简单些，对于更为长久的设想，也不抱着期许。青龙寺里的樱花，每年都要开，我知道在这个时节上，驻留着一个对于我的提示：便是青龙寺樱花儿开了的消息。

我有时候会沉浸在由此而形成的片刻安宁之中。这一刻也会因为我的停顿和投入而变得漫长。我感到了我的身体将时间牢牢地凝固在它的范围之中，而我可以在其中漫步，向左向右，朝前朝后。时间却并不流动。我不知道神示谕人间是什么情形。有时候在自己的空寂里留足停顿，与无法看见的东西接通，感到一些陌生的事物正从我的身体里经过，却没有留下片言只语。

并不是世间的一切都可以说。青龙寺的樱花在我看来，便属于不可之说。我对植物的理解浅之又浅，对于人事，更是如此；在宗教信仰方面，也像中国的多数人一样，几近空白。更进一步详细叙说青龙寺的樱花在我是极困难的事情。我有时候是将它当作我个人时间的一种刻度，由此，在没有起始和终点的时光之流中，会拿它作为区分的界标。这样我就会有许多时间的节点，包括我出生的日期和母亲去世的年代。时间不再是无始无终的存在。它镂刻于我的生命之中，成为另一种可以被重新打量的东西，成为像我这样的普通人，用来记写生命的东西。

我喜欢那些被时间和日常的表象淹没的事物。它们被潜藏在一些事物的背后，就像河流中的鱼类和被其他植物所遮蔽的植物。人们看不见它们的存在，但它们实际依然存在着。青龙寺的樱花便是我的时间之网上的一个纽节，由此，我有了属于自己的情感定向。

在我看来，时间永远是向后倒退的，就像燃烧的引线，被火焰所耗费，不断在缩短。在生命中，看似时间在引领我们朝前，实则是我们在不停地后退。生命的引线不断地被时间剪短。

重要的是青龙寺的樱花在与我相遇时形成了重合。它是我的记忆与时间联结的交叉点。时间之火此后不再能将它泯灭。它只属于我，产生了相对于我的特殊意义。这意义也只意味着它将永不会被别的什么夺取。

我在一九八六年后回到西安，就一直没有离开过。在西安每年的四月天里，青龙寺里盛开的樱花也像是我身体的节律。它参与到我身体的反映之中，调节我心的动静。我身体反射青龙寺樱花开放的直接表现，便是为它写下了一些文字。我不知道在西安之外的地方，青龙寺的樱花是否还会与我有如此的靠近，但我没想过为此要去别的地方一趟。

在我的经历中，曾经因为某些事物，而对将来充满期待。青龙寺的樱花却没有让我有过类似的感受。它一年一年的开放，已经成为我生活范围里的日常。我不会对它好奇或感到陌生。它既不虚无也不实在；绝不从盛装自己的容器里溢出。

日常才是像我这样的普通人可以依靠的东西。青龙寺里的樱花，在我也只是花。我既不愿将它放大或缩小，也不会把它当成花之外的东西。我自己有幸与它相遇，但绝不愿在它之上附加任何我个人自以为是的东西。

文字写作在我个人看来并不能带来其之外的任何东西。奢望写作的永恒，只会对写作本身造成伤害。我自己也只是因为偶然的原因，才与青龙寺的樱花相遇，随后就有对它的述写。这么多年过去之后，青龙寺的樱花于我，更像是一个来敲门的老友，彼此无须交流，仅仅从气味脚步便可知道它的一切。与人与物的相处，需要更为牢固的联系，就像时间的节律，不可更改。我与青龙寺樱花的关系，只存在于我们之间，如果有秘密，也只是单向性的。人的当前是整个靠记忆保留下来的"过去"的积累。如果记忆消失了，遗忘了，所有的一切就会终断。当青龙寺的樱花借助语词进入到别人的视野，已经同我没有太大的干系了。

许多年来，我试着将自己在生活里的个人感受用文字记录下来。有了这样的习惯和爱好之后，我同时也拥有了另一种生活，即文字生活。它同我个人在现实中经历的生活并行，又相互参与、加入和影响。这些在我看来仅仅只是一种爱好，与其他人的其他爱好绝无二致。选择文字写作与自己的生命经历相伴，对我也无任何神圣性可言，这在本质上同老鼠走迷宫是一样的，所不同的是语言文字还是另一种象征系统的游戏。

现在，对于青龙寺的樱花，我可以拥有两种不同的经历：一个在现实中，另一个在文字里。通过两条道路，我可以看见青龙寺的樱花，用两种方式与它接近。这些也是我有了文字生活之后，所感到过的真实的快乐。

青龙寺的樱花在文字里对于不同的人也许会有不同的意义。在文字里与一个地方或人物亲近，情况也会完全不同。在文字里随时都可能发生的事情，现实未必真的就会有这样的可能。我尽量使青龙寺的樱花在我文字的展现中，永远只是一次次的过程，成为我心手之间的响应。从自己的身体开始，保持并信任身体反映固有的本能，其实也是作为一个人格独立的个体讲话所必须具备的品行。舍此在文字里还原真实的任何努力，终将会成为泡影。

写作可以接近存在于时空的某个点，但永远无法重现和还原存在的某个瞬间。语言系统的抽象特征，预设了语言存在所具有的无差别的种种可能。我们可以通过语言创造美的经验，但绝对无法应验，在语言中为现实许下的在场诺言。语言抽空存在的差异，让与它触摸的东西顷刻烟消云散。

关于青龙寺的樱花，究竟什么才是它尽头的东西。带着双倍的疑问，可以肯定的是：我自己随着樱花的开放，在一年一年的老去。

城墙上的风

"文革"开始后，父亲被下放到凤县的秦岭山区，为了全家四个孩子的生活，母亲进了小南门里的一家街道工厂，整日同一群妇女围坐在桌案旁卷绷带。我每天除了上学，还要给母亲送饭。而在此之前，二姐则要把饭做好，我们在同一个小学里，好在学校离我家不远。二姐在课间休息时跑回家，将蜂窝煤炉打开一半，在锅里放上事先洗好的苞谷糁，再搁进半勺碱，又跑回学校。等我放学回家，两层手提的搪瓷饭盒已经准备好：一层盛着苞谷糁，上头一层装着咸菜或炒萝卜。二姐一边将馍袋和饭盒递给我，一边催促着快去快回。

从我家院子大门向西，经过五岳庙门、太阳庙门，一路小跑不足十分钟，就到了小南门里的绷带厂。但我已经不敢走那条道儿，我不止一次在那里遭人拦截、挨打。横穿过马路，回身看二姐没在后面跟着，我便闪身进了二十号院子，将馍袋缠在裤带上，一手拎着饭盒，一手扒着城墙水道子的砖棱往上爬。

我来到母亲身旁，将饭盒在桌案上放好，对着母亲喊一声：妈，吃饭咧。然后，转身就跑，身后便留下一片我妈同事对我的赞扬声。我不愿意在此多停留。我知道，这时候我妈的眼眶已经涌进了泪水。

再回到城墙，我的鼻尖已经冒汗。我的心情也变得舒畅。风迎面吹过来，我解开衣纽，任着它，野草和无数的小花在我四周不停地摇动。在城墙的风里，我第一次感到了做儿子的自豪。

从春天到春天，父亲走了整整一年还没有回来。想他的时候，我就坐在城墙沿上，眼望着远处的南山。父亲在信上说：凤县在山里。我只有不住地望着远山，想着父亲，心理才会安慰。想累了，便躺在草丛里昏睡过去。不知有多少回，是风轻轻将我唤醒，它比手指还要温柔，抚摸我的方式却像是一阵气息；它那么和缓，用长发搭在我的肩头，却让我感到一个人与我靠得很近，正在用她的体温来抚慰我的灵魂。我的热爱，我的思念和忧郁，最初都来自于风。

很久以来，我一直想把少年时在城墙上获得的对风的感受写下来，它同我在书本里和其他地方获知的东西完全不同。我的记忆里，仍然保留着风划过城头，在草尖上停息的瞬间；我的性格中，有风留下的印痕，有风播撒的东西。在我的人生经历挫折，遭受冤屈，遇到不幸时，是风给予的东西，保护了我。风吹拂着我，安慰过我，让我坦坦荡荡。

西安的春天，如今多了沙尘，走在南城墙头，已经看不到麦田和菜地。近些天，女儿的学校要组织郊游。她们大概要去公园或郊外的什么地方，坐在花树下聚餐、嬉戏，享受西安阳春里短暂的花期。与我们这些在城墙上风里长大的一代人相比，孩子们是幸福的。他们一生下来就有电脑、电视，有良好的学校教育，有卡通玩具。但他们如今却没了在城墙的野草里迎风奔跑的经历。

马路的秘密

　　童年并不是已逝的一段时光，对我来说那些留在记忆里的东西，将终生与我相伴。一旦我所经历，就成为我之所有，它们并非像有些人所讲的那样，在时间当中构成线性关系。童年有时就是我的现在，它不是在此以前，而是我所有的现在和将来。

　　那个被人们称为童年的奇特的时间经历就好像是刚刚发生或正在发生的一些事情，我仍然置身于其中。昨天我八岁，而现在差不多快四十了，这中间的距离竟然如此之短，仿佛只有一瞬间。那些人还在，那些个房子至少在记忆之中还存在；西安的街头，城墙和环城林带，我们住过的那条巷子里的故人，虽然我已叫不上他们的名字，但仍然能清楚地记得他们的样子。他们是永久不变的，就像是我的童年。童年里，我见到过普通人的生死，我知道他们在我们那条巷子住过一段时间后就离开了，有的被送回了出生的故土，被埋在那里；有的被送到南郊的三兆公墓。而今天，这样的过程依然如此。我看到人的存在和离去，他们一圈一圈倒下，就像是我曾经玩过的多米诺骨牌，一个接着一个。从那时起我就感到了自己内心的脆弱。生和死所构成的一幕幕惨景，让我过早在西安大街小巷飞动的"纸钱"面前目睹了。我内心里涌动起一股莫名而巨大的烦恼和痛苦，这烦恼和痛苦改变了我，伤害了我，而且现在仍然伴随着我。我在人生这两个大字背后依稀看见另外两个字："生死"。一个刚刚开始记事的幼童，让他目睹记忆的起始和终点，对他而言难道不是一件残酷的事情吗？向他隐瞒则意味着更为凶残。没有人向他有意展露或掩盖这一切，他自己站在马路旁看见了，随后，他悄悄地躲开，把自己封闭起来，不与外界发生关系，并以此保护自己，抵抗迎面而来的东西。

记忆是抹不掉的，更多的时间里在与人有意作对，它固执地将人想忘掉的东西在黑暗中放大和强化，让你永远挥之不去。马路就从家门口开始，它在我们那条巷子里已经同其他道路相互汇合。世界上的路最终将汇合在一起。它们从这里通向那里，又从那里伸向更为广阔的领域。没有一条道路是完全封闭的。路和路彼此呼应。每一条孤独的道路在伸展开之后都与别的路发生关联，它们朝向对方的延伸，精细密致地在大地的表层织出了层层丝网。道路没有起始，或者说它的任何一点都是起始，比如家门口。人走了，又回来了，直到有一天他永远消失在路的中央和深处，便走到生命的尽头。路不仅伸开，彼此间构成更为广阔的东西，它还展露人的生死、命运和一生的辛劳。

我童年的记忆永远停留在西安城南那条浓荫覆盖的马路上。只要它还在记忆里，光阴的流逝便会使我安心。记忆能够穿透任何东西，使它所保留的一切不受伤害，完好无损。那条被枫树和槐树高大的枝干所环抱的马路，带来了许多陌生的消息。一条路，它张开又收缩，它带来又携走，它遮盖又敞露，全然不顾一个孩子内心的想法。马路重复地展现，飞快地流动，在他面前幻化出各种各样的景象，在由路组成的神奇的迷幻里，这个孩子要疯了。他内心的平静被路上的声音烦扰，被路的变幻和尽头的深度所吸引，并且变得茫然，不知所措。

他看见在路上刀子与刀子的追杀，流血的脖子如何向外喷射着热气；他看到夜游的疯子如何幽灵般地从一条街区，走向另一条街区。他的童年是在许多政治历史事件所导致的阴影下度过的。那些仇恨实实在在，却像空气一样用肉眼无法看见，导致人和人之间相互的一次次砍杀、血洗。正是这些让人陌生和感到奇怪的东西，就散布在马路的中央，被人的呼吸所收缩和隐蔽，构成最为疯狂的思想行为的核心。仇恨是马路的另一条界线，一旦逾越，便会使路的千姿百态消逝在它的永恒展露里。仇恨的马路是一种缺陷，正像躯体的伤口可以洞穿心灵那样，它同时让你在眼前，看到自己如何伸向天空的腹地。

在我生长的城市，有一座被称作"钟楼"的古代建筑，耸立在我们这座四方城的中央。围绕它的是环形的马路，有四条马路与它衔接，或者说环形马路可以伸向四个不同的方向。钟楼不同于道路两旁的其他建筑，供人在路上观赏，它本身就是这座城市所有马路的"中央"。在路上，在所有路的交汇中它形成对路本身的视野。它无处不在，通过圆形的道路的环绕，它包含着行走的任何一个方向。在高出马路的完全开放的视野里，它获得了一种凝视，获得了一种比天空还要深广的覆盖，使对道路的注目变成了目光的笼罩、俯瞰与斜视。它的钟声不仅用来醒时，还参与了在马路上行进的步律调整，从脚步和道路以外的地方规约每一次的到达与离去，形成我们脑子里"承继"概念的联结点，形成一条路口与另一条路口的错过与汇合，形成心灵的时钟有规律的敲击和错乱。

自从有了记忆，路就无处不在，一种送达在彼此的相遇里，在一群被路隐隐约约浮现在天边的行人里。我从中看见车夫邻居曹伯，他的黑棉袄上紧紧地扎一条草绳，贴胸膛藏着一个烤熟的红薯。曹伯让我坐在"架子车"上一同出去跑活儿。他一辈子的时光全跑在了路上。在路上我看到我们的城市成了活动的风景。

靠在路上日复一日，年复一年地奔跑，曹伯养活着自己和一家人。但我记得曹伯当时已经老了，已经不适合做"苦力"。他像一头毛驴，很小时就在西安城的大街小巷奔跑，所不同的是他已经不再像当年那样精壮强悍，而成了一匹拐腿的老马。他已经失去在马路上奔跑的能力和资格，马路对他而言不再是钱与一家的生计，但曹伯还愿意拉着车子，有时载上我，在马路上遛遛。我们多数时间将架子车放在南大街光明电影院存车处的旁边，曹伯对看车的熟人招呼一声便领我进了电影院。曹伯老了，老得一塌糊涂，他来到这个世界，一生的好时光全消磨在路上。他进到电影院没有多久便睡着了，有时是在电影开场之后，有时则等不到电影开场。他在一群逃学的青少年中，在冬天温暖而又烟气痒眼的电影院里睡得很香，呼呼噜噜的，直到银幕上出现"再见"。朦胧之中，他没有忘记将怀揣的红薯掰开，分给我一半。我在黑暗中间接过曹伯递过的红薯，我先是摸到了他的手，然后才感到被他体温暖热的红薯竟比他的体温还要热。我在瞬间里觉察出曹伯像是一盏刚刚熄灭的灯，与往常有所不同的是，这种熄灭竟是更剧烈的燃烧和热的聚核。

我记得我与曹伯在马路上度过的时光。黄昏时分我们回到家，他只是对曹妈说一声："没活儿。"便坐在院子大门口的石墩上，一声不吭地望着马路上来来往往的人群和车流。

曹伯对马路再熟悉不过，闭上眼睛都能知道打他面前经过的车子拉着什么货，车夫是新脚还是老腿；他们从何而来，大约要到什么地方去。夏天时，曹伯就这么想着，躺在马路旁的老槐树下，直到路上的事情让他觉得疲倦。道路对他来说不再具有意义和象征，他凭借一生在路上养成的习惯所导致的种种虚幻，维持自己身体的尊严和老西安城一个车夫的尊严。人是脆弱的，当他走了许多路已经无力面对眼前遍布的仍然要走的道路，他甚至连想都不去想这条道儿的尽头究竟在哪里。即使他想过也没有用。在路上他的获得便是最终的失去。

　　前阵子，我回到童年居住过的巷子，三十多年后，这条巷子也把我当成过路人。一家院子紧挨一家院子构成的巷子已经不复存在。曹伯肯定也走了。更多的住户迁移到郊外的住宅新区，只有那条马路隐约可以让我辨认出来，它再次让我感到马路与我之间的秘密。那些人的生与死毫无意义，正像马路同样不具有高过自身的意义一样。这是我童年的想法，三十多年读过的书也不曾改变它。关于马路留在童年里的记忆就是这些：人在上面走过，来了又去。而它今天还在那里，只是一个人的生死已在它上面看不到任何痕迹。

在安康和汉水上游

　　我去安康和汉水上游是想寻找一种自己从未有过的经历。城市生活的空间常常使人产生忘却，人们会在不经意间对许多具体、简单，但又是基本的东西产生轻视。城市的水泥钢筋淹没人们最初对水、土地和山林的敬畏之感。城市是一个最容易产生忘却的地方，我们置身其间日子久了，已经无法想象与土地息息相关的劳动同我们之间的联系。我，还有画家赵振川、侯声凯，所以要暂时离开我们各自的城市生活，并不是为了逃离城市，也不是对城市完全的拒绝与厌倦。城市生活有它独一无二的方面，正是这样才使我们得以长期依赖于它。我们翻越秦岭，在安康和汉江上游一带行走，是因为这是我们的城市生活所没有和无法实现的。城市和乡村各自的优越之处都是显而易见的。现在已经很少有人愿意放弃城市回到乡村，我们也无例外。尽管有人不断地说着城市生活的种种不是，却又心甘情愿地赖在这些种种的

"不是"里，我们不想这么做，我们到安康和汉水的上游，正是为了把"城市的忘却"找回来。

为什么要去安康和汉水上游极其偏僻的乡野呢？是想进行一次在自然当中的观光旅游，还是为使身体和心灵在崇山峻岭，密林叠翠的山水中间得到放松和休息，或是满足中产阶级式的消费所导致的猎奇捕获新鲜事物的特殊心理呢？安康和汉水上游的确是好地方，即使在消费性旅游的意义上也是如此。那里有中国大陆唯一一条未被污染的河流，有夹在四川、河南、湖北这些中国人口最密集的省份，与陕西南部之间仅存的尚未被开发的原始森林。从另一个角度看，安康和汉水上游同样是人与自然和动物和睦相处的典范，是中国内陆仅存的"田园"。汉江的水在陕西的南部竟是那样的澄澈幽蓝，它们的表层光滑而又舒展，像一条在风中抖动的蓝丝绸带。也只有到了近处，你才能看清水的波纹是层层相连的。水的这种波动，是没有起始或看不见起始的，因为，江面太宽阔，你驾船上行了好一阵子，眼看就要到了水的尽头，可并不遂你的意，你只是转过水道上的又一个弯子，眼前又是更为宽阔的江面。

安康和汉水上游更容易使一般的旅游变成目光的探险，更容易让人感受到时节与天气阴晴在人们生活中的重要性，与人们劳动的紧密联系。

在安康和汉水上游，一切都显得那样安静、从容、富于自信。这里有真山真水和真正的田园，它们竟然洁净得没有一丝灰尘的污染。山的阳坡面，草叶的顶尖上闪烁着晨光的露珠，似乎害怕人们呼出的气息，仿佛只需一瞬间，它们便会在人们的呼吸当中散化了。可是，它们并没有。它们从叶草的底部和茎干汇合到顶尖上，越积越多，形成一个透亮的水晶体。也只有在草叶上水才有可能作为更生动的球形体而存在，一直到它们的重量超过草叶的负载，才从叶子身上散落下来。这些露珠本身也代表着新生命的初始。一滴露珠跌落在大地上，接着水气又很快聚集起来，把一颗新的露珠推向草叶的顶尖。

我们有可能在安康和汉水上游的大自然中进入一种精神的纯然状态，把心灵在自然的嘱托中形成的东西变成智慧，那是静的智慧，是大的智慧，也是人和自然的智慧。这智慧就像在安康和汉水的上游，人与自然、与动植物、与自己和睦相处的那种不可言喻的方式。这智慧沉默着，没有有形的形态，却异常地牢固，远离城市边缘地带的广阔空间，极易唤起心灵对它自身所具有的空间感的体认。心灵在自己的空间中所经历的过程，才有可能摆脱权力、知识、真理对它的迷惑，才能够最终挣脱附着在它身上所有抽象和观念的东西。

心灵是多么自由的，当它在自然之中回到它自身，当心灵在汉水上游的江面上像自然一样层层展开。心灵和精神最自然的状态与自然完全相通了。

　　我和画家赵振川、侯声凯，正是基于对生命根基处的珍视和寻找的冲动，开始了我们在汉水上的漫步。在江岸上迎着大风行走是何等的富有"英雄气概"。一个真正的诗人或画家，内心里拥有与诗与画，与真正底层生活的息息相通，他写不写诗，作不作画，对他个人来讲都成了无关紧要的事情，重要的是他本身已经具备了诗歌和绘画，唯一的区别就在于他写或是不写上了。真该让那些在体力和智力之间存在着严重扭曲的人们在陕南悬置在峭壁的山道上走走，只有在走的过程中，他们才能真正明白道路将赋予他们什么，山道对他们而言究竟意味着什么。

　　有朝一日，历史将会摈弃那些个大小事件的介入，回到陕南和汉水上游这个巨大的断裂处，这里有关隘，通道，灌溉等等称得上构成"缓坡历史"的基本内容。知识的历史将关注这些在它的视野中决绝的逃亡者，它还将发现真正值得尊重，并应当走进历史的不是那些个寄生在自己躯体上的"精英"，而是那些逃避知识监视，在权力的眼睛无法到达的地方隐姓埋名的反叛者和抗议者；这些由无数逃脱权力——知识监视的人们组成的巨大而又沉默的底基对知识构成了终极意义上的抗拒，远比那些在知识圈子之内，实施抗议的行为要来得纯粹得多。他们并没有采取反叛的姿势，却成全了最深刻，最壮丽的反叛。在陕南就是这样，自明朝以来它就被人们称为"巴山老林"，它就成了逃避权力注目，知识监视的一个避难场所。由于地理和交通的缘故，也由于权力迫害和意识到知识监视的残酷性，因而藏匿于山林之中，从文明和知识的视野当中消失，便成了中国当时最有头脑，最有思想和骨气的有识之士心中的念想。试想想，主动地选择四省交汇的深山野洼，不仅自己而且也包括后代将长期像动物一样地生存，逐渐在内心里忘掉自己的来路和拥有的知识，让知识这个被称作"金科玉律"的东西在自己身上像是从来不曾有过似的，这样的选择需要多么大的勇气和智慧，即使对今天的文化先锋和前卫而言，也是不可思议的事情。

放弃知识，首先是放弃由知识设定的特权、等级和尊卑，同时，也将知识视为权力的工具加以拒绝。十九世纪西方社会通过本瑟姆的《圆形监狱》，才获得了将空间变成政治监视场所的系统观念："通过透明度达成'权力'的公式，通过'照明'来实现压制。在圆形监狱中，有一种形式与城堡很接近——由围墙环绕的塔楼——用它来实现清晰的视觉"，"在一种集体的、匿名的凝视中，人们被看见，事物得到了解"(福柯语)。然而，在中国情况则不同。自秦以来，实施的户籍制远比圆形监狱里的视觉要深广得多。它一开始就获得了监视的高级形式，即人的自我监视，而不仅仅局限在有形的空间范围之内。人最终无法逃脱自己，因而自监无时无刻都存在着，却又表现得像根本不曾存在那样。它根本不需要在地面上构筑有形的东西，只需知识，并使每个人确信这是他们自愿的，发自内心的渴望就行了。最高级的监视便是借助知识来完成的没有形式的形式。它让犯罪的念头，抗拒的想法，在没有出现之前就已经在个体的身上自生自灭了；与此同时，它让伪反抗、假抗拒得以在知识的历史和思想史中存留下来，成为权力机制与中心虚假的反面，真正的共谋。

安康和汉水上游的"巴山老林"，从来不曾作为官方的文学和思想史当中存在发展的脉络与线索，它拒绝由权力的大手操纵的任何书写，但是，在镇压的历史和钦定的历史中，自明代以来，这里的棚民、山民和四方汇聚的游民，就已经建立起中国西部最大的反抗残暴统治的据点。如果知识的自律能够在这里看见曾经作为权力和压迫工具的知识的存在，它就能够从这里重新开始，从这些久居山林，因近亲繁殖所造成的痴愚、呆滞的抗议者的后代身上重新开始，担当保护个体生存权利的责任和义务。如果不是这样的话，所谓的文学与艺术，所谓的知识，也将长久地存在着多重可疑。

安康和汉水上游并不存在由"精英"文化设定的"群众"。它比"群众"更加边缘化。它是被忽视、排斥和根除掉的那一部分，但它同时却意味着历史的沉默，压抑和非理性对理性的另一种书写和反抗以非常的方式对反抗本身疯狂、喑哑的维护。这里曾经拒绝思想和知识，却产生了超越等级、权力的知识和极为朴素的思想。没有人能凌驾于安康和汉水上游之上，真正占据这块地域和精神空间的是这里的每个人，是大家。这里的民谣、俚语是没有作者或不知道作者是谁，如果有的话，也只是一种集体的创造，是大家所为。人们以家庭为单位而生活栖居，每一个家庭却相互间照应着；弱智的男人有漂亮的妻子，泥土在汉水上游人家的墙壁和炕沿上获得了洁净光亮的存在形式，这些聚合在一起的泥巴与肮脏没有丝毫联系，正相反，它们显得光滑而又干净，映照着太阳的光辉。那些由一块块石板搭在一起构成的屋顶下面，会让人惊奇地发现生活竟然可以如此简单。确确实实作为居所或房子，它们都缺少由金钱代表的那一部分财富，然而，这房子里不乏真正维系生活的心劲。也正是在这里，美或者疼痛，或者关爱，才取得了直截了当的方式。没有必要在解释和表达上绕许多圈子，痛苦就是痛苦，它在肉身的感觉里是那样的刻骨铭心，以至于摧毁肉身，也无须在高级的文化形式里得到精致地表达。重要的是肉体和神经器官对疼痛的感受所给予的保留，这些才是永久的。古典的、现代的，或"后现代的"，倒像是文化知识所耍的花招，也许在汉水上游对疼痛的记忆，仅仅只是一两个简单的手势已经足矣。

安康和汉水上游曾经在另一种解释体系里存在着。这里本身也富含着另一类知识，它们源自田野和山林之中经年的劳作和积累，而不是等级森严的学院和知识研究机构的大楼。由劳动产生并且与劳动和生活息息相关的知识，首先尊重、保护了哪怕是极其弱小的劳动主体，不会有对知识主体的身份确认，也没有由此引起的知识霸权。在物质匮乏，生存受威胁的情况下，是生命最深处需要存活的本质力量，在平等合作的前提下纠合在一起，形成了更为巨大旺盛的力量。由此产生的知识与知识的主体，首先必须对生命的存活负责。在田野和山林之中产生的知识无须经过"统治的管道"过滤，它们在田野和山林中间获得，又回到田野和山林中去。知识在此才标明了它的拥有者在劳动之中的位置，劳动者在田野和山林中的位置，便是知识存在，知识拥有者的位置。知识不构成社会生活等级秩序的维系，不与权力发生互惠关系。

在我们称作"文明"以外的广阔精神空间里，安康和汉水上游曾经长时间保持着自己拥有的知识自律性，知识、生活、劳动、情感和精神领域之间的平衡得以长久地持存，与现存的社会公共空间领域不同，不存在知识太多或知识不够的问题。安康和汉水上游是作为效益价值、功利价值的反面，消解了这些价值赖以生存的评估系统所利用的知识。在这里，这些局部的特征标明了一种自律的、非中心化的知识生产，其有效性并不需要既定思想体制的首肯。知识的拥有者不再像货币的拥有者那样，将其投放出去，产生无限繁殖的恶果。同时，知识有可能也不再受权力和金钱的指使，而代表着生活的慰藉，生命的慰藉和精神的慰藉。

从秦岭高处往下看，汉水在陕西南部流过的地方组成了一条漫长曲折的水上道路。水头的人们与水尾的人们由水联结着，并且在流经对方家门口的时候彼此打着招呼。汉水是何时开始流经陕西的，这里最早的居民是谁？我和赵振川、侯声凯都不知道。用文字记录历史的过程实际是一个丢失的过程，文字能够保留的东西，往往比它所丢失的东西要多得多。安康和汉水上游就是被文字和历史所埋葬的一处地方，它现在只剩下一条你能看见的水上通道了。你可以跟随，也可以继续前往。